日本五山版毛詩

第一册

漢 毛氏傳 漢 鄭玄箋
日本南北朝覆刻南宋本（日本島田翰批校）

山東人民出版社·

圖書在版編目（CIP）數據

日本五山版毛詩 /（漢）毛氏傳；（漢）鄭玄箋 .— 濟南：山東人民出版社，2024.3
（儒典）
ISBN 978-7-209-14378-3

Ⅰ．①日… Ⅱ．①毛… ②鄭… Ⅲ．①《詩經》- 注釋 Ⅳ．① I222.2

中國國家版本館 CIP 數據核字（2024）第 039042 號

項目統籌：胡長青
責任編輯：劉　晨
裝幀設計：武　斌
項目完成：文化藝術編輯室

日本五山版毛詩
〔漢〕毛氏傳　〔漢〕鄭玄箋

主管單位　山東出版傳媒股份有限公司
出版發行　山東人民出版社
出 版 人　胡長青
社　　址　濟南市市中區舜耕路517號
郵　　編　250003
電　　話　總編室（0531）82098914
　　　　　市場部（0531）82098027
網　　址　http://www.sd-book.com.cn
印　　裝　山東華立印務有限公司
經　　銷　新華書店

規　　格　16開（160mm×240mm）
印　　張　69
字　　數　552千字
版　　次　2024年3月第1版
印　　次　2024年3月第1次
ISBN　978-7-209-14378-3
定　　價　165.00圓（全四冊）

《儒典》選刊工作團隊

學術顧問　杜澤遜　李振聚　徐　泳

項目統籌　胡長青

責任編輯　劉　晨　劉嬌嬌　張艷艷

呂士遠　趙　菲　劉一星

前言

中國是一個文明古國、文化大國，中華文化源遠流長，博大精深。在中國歷史上影響較大的是孔子創立的儒家思想，因此整理儒家經典、注解儒家經典，爲儒家經典的現代化闡釋提供权威、典范、精粹的典籍文本，是推進中華優秀傳統文化創造性轉化、創新性發展的奠基性工作和重要任務。

中國經學史是中國學術史的核心，歷史上創造的文本方面和經解方面的輝煌成果，大量失傳了。西漢是經學的第一個興盛期，除了當時非主流的《詩經》毛傳以外，其他經師的注釋後來全部失傳了。東漢的經解衹有鄭玄、何休等少數人的著作留存下來，其餘也大都失傳了。南北朝至隋朝興盛的義疏之學，其成果僅有皇侃《論語疏》幸存於日本。五代時期精心校刻的《九經》、北宋時期國子監重刻的《九經》以及校刻的單疏本，也全部失傳。南宋國子監刻的單疏本，我國僅存《周易正義》、《爾雅疏》、《春秋公羊疏》（三十卷殘存七卷）、《春秋穀梁疏》（十二卷殘存七卷），日本保存了《尚書正義》、《毛詩正義》、《禮記正義》（七十卷殘存八卷）、《周禮疏》（日本傳抄本）、《春秋公羊疏》（日本傳抄本）、《春秋正義》（日本傳抄本）。南宋兩浙東路茶鹽司刻八行本，我國保存下來的有《周禮疏》、《禮記正義》、《春秋左傳正義》（紹興府刻）、《論語注疏解經》（二十卷殘存十卷）、《孟子注疏解經》（存臺北『故宫』），日本保存有《周易注疏》《尚書正義》（凡兩部，其中一部被清楊守敬購歸）。南宋福建刻十行本，我國僅存《春秋穀梁注疏》、《春秋左傳注疏》（六十卷，一半在大陸，一半在臺灣），日本保存有《毛詩注疏》《春秋左傳注疏》。從這些情況可以看出，經書代表性的早期注釋和早期版本國内失傳嚴重，有的僅保存在東鄰日本。

鑒於這樣的現實，一百多年來我國學術界、出版界努力搜集影印了多種珍貴版本，但是在系統性、全面性和準確性方面都還存在一定的差距。例如唐代開成石經共十二部經典，石碑在明代嘉靖年間地震中受到損害，明代萬曆初年西安府學等學校師生曾把損失的文字補刻在另外的小石上，立於唐碑之旁。近年影印出版唐石經拓本多次，都是以唐代石刻與明代補刻割裂配補的裱本爲底本。由於明代補刻采用的是唐碑的字形，這種配補本難以區分唐刻與明代補刻，不便使用，亟需單獨影印唐碑拓本。

爲把幸存於世的、具有代表性的早期經解成果以及早期經典文本收集起來，系統地影印出版，我們規劃了《儒典》編纂出版項目。

《儒典》出版後受到文化學術界廣泛關注和好評，爲了滿足廣大讀者的需求，現陸續出版平裝單行本。共收録一百十一種元典，共計三百九十七册，收録底本大體可分爲八個系列：經注本（以開成石經、宋刊本爲主。開成石經僅有經文，無注，但它是用經注本删去注文形成的）、經注附釋文本、纂圖互注本、單疏本、八行本、十行本、宋元人經注系列、明清人經注系列。

《儒典》是王志民、杜澤遜先生主編的。本次出版單行本，特請杜澤遜、李振聚、徐泳先生幫助酌定選目。特此説明。

二〇二四年二月二十八日

目録

第三册

第四册

毛詩卷第一

關雎詁訓傳第一

詩國風　　鄭氏箋

關雎后妃之德也風之始也所以風化天

下而正夫婦也故用之鄉人焉用之邦國

焉風風也教也風以動之教以化之詩者

音　治世之音向當次宗周
受惠遠法師詩義
而續秋題已如此文
但非當之題乀疑未
敢明乀

志之所之也。在心爲志，發言爲詩。情動於
中而形於言。言之不足，故嗟歎之。嗟歎之
不足，故永歌之。永歌之不足，不知手之
舞之足之蹈之也。情發於聲，聲成文謂之
音。發猶見也。聲謂宮・商・角・徵・羽也。聲成文者，宮商上下相應也。治世之
音安以樂，其政和。亂世之音怨以怒，其政

歌事曰風
布義曰賦
取類曰比
感物曰興
政事曰雅
成功曰頌

乖。亡國之音哀以思。其民困。故正得失。動
天地。感鬼神。莫近於詩。先王以是經夫婦。
成孝敬。厚人倫。美教化。移風俗。故詩有
六義焉。一曰風。二曰賦。三曰比。四曰興。五
曰雅。六曰頌。上以風化下。下以風刺上。主
文而譎諫。言之者無罪。聞之者足以自戒。

苛 苛恐奇畧乙 何本亦作苛

故曰風（風化風刺皆謂譬喻不斥言也主文主與樂之宮商相應也譎諫詠歌依違不直諫）至于王道衰禮義廢政教失國異政家殊俗而變風變雅作矣國史明乎得失之迹傷人倫之廢哀刑政之苛吟詠情性以風其上達於事變而懷其舊俗者也故變風發乎情止乎禮義發乎情民之性

正曰言詩人作詩其用心如此一國之政事善惡皆繫屬於一人之本意如此而作詩者謂之風言道天下之政事發見四方之風俗如此而作詩者謂之雅言風雅之別其大意如此也一人者作詩之人其作詩者道己一人之心耳一人心乃是一國之心詩人覽一國之意爲己心故一國之事繫此一人

而始 正義曰四始者鄭答張逸云風也小雅也大雅也頌也此四者人君行之則爲興廢之則爲衰又箋云始者王道興衰之所由

也。止乎禮義先王之澤也。是以一國之事繫一人之本謂之風。言天下之事形四方之風謂之雅。雅者正也。言王政之所由廢興也。政有小大故有小雅焉有大雅焉。頌者美盛德之形容以其成功告於神明者也。是謂四始。詩之至也。始者王道興衰之所由也然則

則四者是人君興衰之道故謂之四始

周南召南国名……方諸侯之国……召公奭之采地也。文王作邑于豐，其化被於南国，當時之人作詩以歌詠之。自關雎至麟之趾，王者之風，文王所以治国之……之言也，而周公主西……治，故以其詩係之周南；自鵲巢至騶虞，諸侯之風也，而召公宣主外諸侯之……故以其詩係之召南。

關雎麟趾之化，王者之風，故繫之周公。南，言化自北而南也。鵲巢騶虞之德，諸侯風也。先王之所以教，故繫之召公。自，從也。從北而南，謂其化從岐周被江漢之域也。先王，斯大王、王季也。周南召南，正始之道，王化之基。是以關雎樂得淑女以配君子，憂在進賢，不淫其色，哀窈窕，思賢才。

窈窕善心曰窕

興安，是譬喻之名，意有不盡，故題曰興，他皆放此

而無傷善之心焉是關雎之義也哀蓋字之誤也
當為衷。衷謂中心恕之
無傷善之心謂好逑也

關關雎鳩在河之洲興也。關關和聲也。雎鳩王雎也。鳥摯而有

此篇后妃身之文

別。水中可居者曰洲。后妃說樂君子之德
無不和諧。又不淫其色。慎固幽深若關雎
之有別焉。然後可以風化天下。夫婦有別。
夫婦有別則父子親。父子親則君臣敬。君
臣敬則朝廷正。朝廷正則王化成。
摯之言至也。謂王雎之鳥。雖雌雄情意至。然

七

有別也。窈窕淑女。君子好逑。窈窕。幽閒也。淑。善。逑。匹也。言后妃。有關雎之德。是幽閒貞專之善女。宜爲君子之好匹。箋云。怨耦曰仇。言后妃之德。和諧。則幽閒處深宮。貞專之善女。能爲君子。和好衆妾之怨者。言皆化后妃之德。不嫉妒。謂三夫人以下也。

○參差荇菜。左右流之。荇。接余也。流。求也。后妃。有關雎之德。乃能共荇菜。備庶物。以事宗廟也。箋云。左右。助也。言后妃將共荇菜之菹。必有助而求之者。言三夫人九嬪以下。皆樂后妃之事。

窈窕淑女。寤寐求之。寤覺也。寐寢也。箋云。言后妃覺寐則常求此賢女。欲與之共己職也。

○求之不得。寤寐思服。服思之也。箋云。服事也。求賢女而不得。覺寐則思己職事。當與誰共之乎。

悠哉悠哉。輾轉反側。悠思也。箋云。思之哉。思之哉。言己誠思之。臥而不周曰輾。

○參差荇菜。左右采之。箋云。言后妃既得荇菜。必有助采之者。

窈窕淑女。琴瑟友之。宜以琴瑟友樂之。箋云。同志爲友。言

賢女之助后妃共荇菜其情意。乃與○參
琴瑟之志同共荇菜之時。樂必會備

芼荇菜。左右芼之 芼擇也。芼去。后妃既得荇菜。必有助而擇之者

窈窕淑女鐘鼓樂之 德盛者宜有鐘鼓之樂。樂去。琴瑟在堂。鐘鼓在庭。言共荇菜之時。上下之樂皆作。盛其禮也

關雎五章章四句　故言三章一章

四句二章章八句

本亦作覃徒南反延

葛覃后妃之本也后妃在父母家則志在於女功之事躬儉節用服澣濯之衣尊敬師傅則可以歸寧父母化天下以婦道也

躬儉節用由於師傅之教而後言尊敬師傅者欲見其性亦自然也可以歸安父母言嫁而得意猶不忘孝

葛之覃兮施于中谷維葉萋萋 興也覃延也葛所以

谷中 孔氏曰中谷谷中倒言者古人語皆然詩文多此類

為絺綌女功之事煩辱者也施移也中谷谷中
中也萋萋茂盛貌 箋云葛者婦人之所
有事也此因葛之性以興焉興者葛延蔓
于谷中喻女在父母之家形體浸浸日長
大也其葉萋萋然
喻其容色美盛
黄鳥于飛集于灌木其
鳴喈喈
黄鳥摶黍也灌木叢木也喈喈和
聲之遠聞也 箋云葛延蔓之時
則摶黍飛鳴亦因以興焉飛集叢木興女
有嫁于君子之道和聲之遠聞興女有才
美之稱達
於遠方
〇葛之覃兮施于中谷維葉莫莫

莫莫莫成就之貌箋云成就者其可刈用之時也是刈是濩爲

絺爲綌服之無斁濩煑之也精曰絺麤曰綌斁厭也古者王后親織玄紞公侯夫人紘綖卿之内子大帶大夫命婦成祭服士妻朝服庶士以下各衣其夫箋云服整也女在父母之家未知將有所適故習之以絺綌煩辱之事乃能整治之無厭倦是其性貞專

○言告師氏言告言歸言我也師女師也古者女師教之以婦德婦言婦容婦功祖廟未毀教于公宮三月祖廟既毀

褖吐亂反或本作褖服之亂下者

教于宗室婦人謂嫁曰歸　箋云我告師
氏者言我見教告于女師也教告我以婦
適人之道重言我者尊重師教也　**薄汙我私**
也女公宮宗室於族人皆爲貴也
薄澣我衣　汙煩也私燕服也婦人有副褘
盛飾以朝事舅姑接見于宗廟
進見于君子其餘則私也　箋云煩煩撋
之用功深澣謂濯之耳衣謂褘衣以下至
褖衣　**害澣害否歸寧父母**　害何也私服宜澣
公服宜否寧安也
父母在則有時歸寧耳　箋云我之衣服
今者何所當見澣乎何所當否乎言常自

向寫切

四章賦也
廣雅云枲耳亦胡枲
江東呼常枲或云苓耳
形似鼠耳叢生如盤陸
機疏云葉青白

詖彼寄反妄加人罪
崔云險詖不正
險詖者情實不正譽
惡爲善之辭也
私謁者婦人有寵多
私請親戚也

絜清以事君子也

葛覃三章章六句

卷耳后妃之志也又當輔佐君子求賢審官知臣下之勤勞内有進賢之志而無險詖私謁之心朝夕思念至於憂勤也 謁請

采采卷耳不盈頃筐 憂者之興也采采事采之也卷耳苓耳也

今推云石戴土謂之崔
嵬戴石爲砠郭璞云
石山上有土〻山上有石之
今師說依此義歟

頃筐畚屬易盈之器也　箋云器之易盈而不盈者志在輔佐君子憂思深也　嗟我懷人寘彼周行　寘置行列也思君子官賢人置周之列位　箋云周之列位謂朝廷之臣也　○陟彼崔嵬我馬虺隤　陟升也崔嵬土山戴石者虺隤病也　箋云我我使臣也臣以兵役之事行出離其列位身勤勞於山險而其馬又病君子宜知其然　我姑酌彼金罍維以不永懷　姑且也人君黃金罍永長也　箋云我我君也臣出使功成而

罰爵之以兕角爲之文作觵詩云容五升礼圖云容七升

反君且當設饗燕之禮與之歓酒以勞之我則以是不復長憂思也言賞者君賞功臣或多於此也 ○ 陟彼高岡我馬玄黄我姑酌彼兕觥維以不永傷 山脊曰岡玄馬病則黄兕觥兕角爵也傷思也 箋云此章爲意不盡申殷勤也兕觥罰爵也饗燕禮所以有之者礼自立司正之後旅醻必有醉而失禮者罰之亦所以爲樂 ○ 陟彼砠矣我馬瘏矣我僕痡矣云何吁矣 石山戴土曰砠瘏亦病也吁憂也

定本作崔集注本此
序有鄭注檢今本並
无此注本无但于並或
本ナシ
正曰作樛木詩者言后
妃能以恩意接及其下
衆妾使俱以進御於
王也后妃所以能恩意
逮下者由其無嫉妬之心
孚家人本孚作之逮下
有三章章首二句是
之既能逮下則樂其君子安之詞

箋云此章言臣既勤勞於外僕馬皆病

而今亦云何乎其亦憂矣深閔之辭也

卷耳四章章四句

樛木后妃逮下也言能逮下而無嫉妬之

字林作樛又馬融韓詩本作朻音字林已周反

心焉　后妃能和諧衆妾不嫉妬其

容貌恒以善言逮下而安之

南有樛木葛藟纍之　興也南土也木枝

下曲曰樛南土之葛

藟茂盛　箋云木枝以下垂之故故葛也

藟也得纍而蔓之而上下俱盛興者喻后妃

能以意下逮衆妾使得其次序則衆妾上附事之而禮義亦俱盛南土謂荊揚之域也

樂只君子福履綏之履祿綏安也箋云妃妾以禮義相與和又能以禮樂樂其君子使爲福祿所安也

○南有樛木葛藟荒之樂只君子福履將之荒奄將大也箋云此章申殷勤之意將猶扶助也

○南有樛木葛藟縈之樂只君子福履成之縈旋也成就也

螽斯之類不妒忌故
諸蚣蝑皆共交接
各之受氣而生子故
螽斯之交詵詵然
衆多也后妃之身
不妒忌故令衆妾
皆共進御若同受
氣而生子故后妃子
孫亦衆多也

樛木三章章四句

螽斯后妃子孫衆多也言若螽斯不妒忌則子孫衆多也 忌有所諱惡於人

螽斯羽詵詵兮 螽斯蚣蝑也詵詵衆多也箋云凡物有陰陽情慾者無不妒忌維蚣蝑不尒耳各得受氣而生子故能詵詵然衆多后妃之德能如是則宜然

宜爾子孫振振兮 振振仁厚貌也箋云后妃之德寬容不

嫉妬則宜文之子孫使其無不仁厚○螽斯羽薨薨兮宜爾子孫繩繩兮 薨薨衆多也 繩繩戒愼也 ○螽斯羽揖揖兮宜爾子孫蟄蟄兮 揖揖會聚也 蟄蟄和集也

螽斯三章章四句

桃夭后妃之所致也不妬忌則男女以正婚姻以時國無鰥民也 老無妻曰鰥

桃之夭夭灼灼其華 興也桃有華之盛者夭夭其少壯也灼灼華之盛也 箋云興者喻時婦人皆得以年盛時行也

之子于歸宜其室家 之子嫁子也于往也宜以有室家無踰時者也 箋云宜者謂男女年時俱相當也

○桃之夭夭有蕡其實 蕡實貌非但有華色又有婦德

之子于歸宜其家室 家室猶室家也

○桃之夭夭其葉蓁蓁 蓁蓁至盛貌有色有德形體至盛也

之子于

歸宜其家人 一家之人盡以爲宜 箋云家人猶家家也

桃夭三章章四句

兎罝后妃之化也關雎之化行則莫不好德賢人衆多也

肅肅兎罝椓之丁丁 肅肅敬也兎罝兎罟也丁丁椓杙聲也 箋云兎罝之人鄙賤之人猶能恭敬則是賢者衆多也

赳赳武夫公

侯干城 赳赳武貌干扞也　箋云干也城也皆所以禦難也此兔罝之人賢者也有武力可任為將帥之德諸侯可任以國守扞城其民折衝禦難於未然也

○肅肅兔罝施于中逵 逵九達之道 赳赳武夫公侯好仇 箋云怨耦曰仇此兔罝之人賢者有敵國有來侵伐者可使和好之亦言賢也

○肅肅兔罝施于中林 中林林中 赳赳武夫公侯腹心 可以制斷公侯之腹心也　箋云此兔罝之人於行攻

伐可用爲策謀之臣使
之慮無事亦言賢也

兔罝三章章四句

芣苢后妃之美也天下和平則婦人樂有
子矣天下和政教平也

采采芣苢薄言采之采采非一辭也芣苢馬舃馬舃車前也宜懷任焉薄辭也采取也箋云薄言猶我薄也

采采芣苢薄言有

之〔有藏之也〕○采采芣苢薄言掇之〔掇拾也〕采采芣苢薄言捋之〔捋取也〕○采采芣苢薄言袺之〔袺執衽也〕采采芣苢薄言襭之〔扱衽曰襭〕

芣苢三章章四句

漢廣德廣所及也文王之道被于南國美化行乎江漢之域無思犯禮求而不可得

桴本作泭又作桴或作柎

也紂時淫風大行徧於天下維江漢之域先受文王之教化

南有喬木不可休息漢有游女不可求思。

興也南方之木美喬上竦也思辭也漢上有游女無求思者　箋云不可者本有可求道也木以高其枝葉之故故人不得就而止息也興者喻賢女雖出游流水之上人無欲求犯禮者亦由女貞絜使之然

漢之廣矣不可泳思。江之永矣不可方思。

潛行爲泳永長方柎也　箋云漢也江也

其欲渡之者必有潛行乘桴之道今以廣
長之故故不可渡也又喩女之貞潔犯禮
而往將不可至也

○翹翹錯薪言刈其楚 翹翹薪貌錯雜祁遙反沈其堯反又六作

也箋云楚雜薪之中尤長翹翹然者我
欲刈取之以喩衆女皆貞潔我又欲取其
中尤高絜者

之子于歸言秣其馬 秣養也六尺以上曰馬

箋云之子是子也謙不敢斥其適己於是
子之嫁我願秣其馬致禮餼示有意焉

漢之廣矣不可泳思江之永矣不可方思

○翹翹錯薪言刈其蔞蔞草中之翹翹然者之子于歸言秣其駒五尺以上曰駒漢之廣矣不可泳思江之永矣不可方思。

漢廣三章章八句

汝墳道化行也文王之化行乎汝墳之國婦人能閔其君子猶勉之以正也言此婦人被文

王之化厚
事其君子
遵彼汝墳伐其條枚 遵循也汝水名也墳
大防也枝曰條幹曰
枚 箋云伐薪於汝水之側非婦人之事
以言己之君子賢者而處勤勞之職亦非
其未見君子惄如調飢 惄飢意也調朝也
事 箋云惄思也未見
君子之時如
朝飢之思食 ○遵彼汝墳伐其條肄 肄餘
也斬
而復生
曰肄 既見君子不我遐棄 既已遐遠也
箋云我已見

君子君子反也于已反也我得見之知其不遠棄我而死亡於恩則愈故下章而勉之

○魴魚頳尾王室如燬 頳赤也魚勞則尾赤燬火也箋云君子仕於亂世則顏色瘦病如魚勞則尾赤所以然者畏王室之酷烈是時紂存

雖則如燬父母孔邇 孔甚邇近也箋云避此勤勞之處或時得罪父母甚近當念之以免於害不能爲疏遠者計也

汝墳三章章四句

東書

麟之趾瑞獸也芭木
疏云麏身牛尾馬
足黄色負蹄一角角
端有肉音鐘呂行中
規矩王者至仁則出
毛云信而應礼鄭云
角端有肉示有武而
不用也服虔注左傳
云視明礼脩麒麟
至麏音俱倫反序
本或無云麟止無之
字止本亦作趾 西涯

麟之趾關雎之應也關雎之化行則天下無犯非禮雖衰世之公子皆信厚如麟趾之時也

關雎之時以麟爲應。後世雖衰猶存關雎之化者君子之宗族猶尚振振然有似麟應之時無以過也

麟之趾振振公子

興也趾足也麟信而應禮以足至者也振振信厚也 箋云興者喩今公子亦信厚與禮相應有似於麟之時

于嗟麟兮

麟之顁〈皀〉（一本有之字）

定題也公姓公同姓

于嗟

麟兮○麟之定振振公姓

于嗟麟兮○麟之角振振公族

麟角所以表其德也公族公同姓

麟之角有武而不用

于嗟麟兮

麟之趾三章章三句

周南之國十一篇三十六章百五十九句

召南鵲巢詁訓傳第二

召亦地名、岐山之陽扶風雍縣南有召亭、周召皆周之旧土文王受命後召賜二公為菜地二南之風皆文王未受命之詩周南十一篇是先王之所以教聖人之深亦故繫之公召南十四篇是先王之教化文王所行之淺亦繫之召爽

毛詩國風

鄭氏箋

鵲巢夫人之德也國君積行累功以致爵位夫人起家而居有之德如鳲鳩乃可以配國君焉

起家而居有之謂嫁於諸侯也夫人有均壹之德如鳲鳩然而後可用配國君

維鵲有巢維鳩居之 興也鳩鳲鳩秸鞠也鳲鳩不自為

室或作寢

德或作子

巢而居鵲之成巢　箋云鵲之作巢冬至
架之至春乃成猶國君積行累功故以興
焉興者鳲鳩因鵲成巢而居有之而有均
壹之德猶國君夫人來嫁居君子之室其
德亦宜然　**之子于歸百兩御之**　百兩百乘
室燕室也　也諸侯之
女嫁於諸侯送御皆百乘　箋女之子是
子也御迎也是子如鳲鳩之德其往嫁也
家人送之良人迎之車皆　○**維鵲有巢維**
百乘象有百官之盛也
鳩方之　方有之也　**之子于歸百兩將之**　將送也　○

維鵲有巢維鳩盈之 盈滿也 箋云滿者言衆媵姪娣之多

之子于歸百兩成之 能成百兩之禮也 箋云是子有鳲鳩之德宜配國君故以百兩之禮送迎成之

鵲巢三章章四句

采蘩夫人不失職也夫人可以奉祭祀則不失職矣 奉祭祀者采蘩之事也 不失職者夙夜在公也

賦

于以采蘩于沼于沚　蘩皤蒿也于於沼池沚渚也公侯夫人執蘩菜以助祭神饗德與信不求備物沼沚谿澗之草猶可以薦王后則供荇菜也　箋云于以猶言往以也執蘩菜者以豆薦蘩菹

于以用之公侯之事　之事祭事也　箋云言夫人於君祭祀而薦此豆也

○于以采蘩于澗之中　山夾水曰澗

于以用之公侯之宮　宮廟也

○被之僮僮夙夜在公　被皮義反注及下同　被首飾也僮僮竦敬也夙早也

箋云、公事也、早夜在事、謂視濯溉饎爨之事、禮記曰、主婦髲鬄、被之祁祁、

薄言還歸、祁祁舒遲也、去事有儀也、箋云、言我也、祭事畢、夫人釋祭服而去髲髢、其威儀祁祁然而安舒、無罷倦之失、我還歸者、自廟反其燕寢、

采蘩三章章四句

草蟲、大夫妻能以禮自防也、

喓喓草蟲、趯趯阜螽、興也、喓喓聲也、草蟲常羊也、趯趯躍也、阜

螽螽也。卿大夫之妻、待禮而行、隨從君子。箋云、草蟲鳴、而阜螽躍而從之、異種同類、猶男女嘉時、以禮相求呼。

未見君子、憂心忡忡。忡忡猶衝衝也。婦人雖適人、有歸宗之義。箋云、未見君子者、謂在塗時也。在塗而憂、憂不當君子、無以寧父母、故心衝衝然。是其不自絕於其親族人之情。

亦既見止、

亦既覯止、我心則降。止辭也。覯遇也。降下也。箋云、既見謂已同牢而食也。既覯謂已昏也。始者憂於不當君子、今君子待已以禮、庶自此可以寧

父母故心下也易曰男女覯精萬物化生○陟彼南山言采其

蕨南山周南山也蕨鼈也箋云言我也我采者在塗而見采鼈采者得其所欲得猶已今之行者欲得禮故以自喻也未見君子憂心惙惙

惙惙憂也亦既見止亦既覯止我心則說說服也

○陟彼南山言采其薇薇菜也未見君子我

心傷悲嫁女之家不息火三日思相離也箋云維父母思己故亦己傷悲

亦既見止亦既覯止我心則夷 夷平也

草蟲三章章七句

采蘋大夫妻能循法度也能循法度則可

符中文韓詩云沈者曰蘋浮者曰萍

以承先祖共祭祀矣 女子十年不出門傳姆教以婉娩聽從執麻枲治絲繭織紝紃學女事以供衣服觀於祭祀納酒漿籩豆葅醢禮相助奠女子十有五而笄二十而嫁此言能循法度者今既嫁爲大夫妻能循其爲女之時所學

所觀之事

以爲法度

于以采蘋南澗之濱于以采藻于彼行潦

蘋大萍也〔本作苹，亦平〕濱厓也〔本亦作崖，五佳反〕藻聚藻也行潦流潦也

箋云古者婦人先嫁三月祖廟未毀教于

公宮祖廟既毀教于宗室教以婦德婦言

婦容婦功教成之祭牲用魚芼用蘋藻所

以成婦順也此祭祭女所出祖也法度莫

大於四教是又祭以成之故舉以言焉蘋

之言賓也藻之言澡也婦人之行

尚柔順自潔清故取名以爲戒也○于以

齊本亦作齋同側皆反敬也

唯

盛之維筐及筥于以湘之維錡及釜方曰筐圓曰筥湘亨也錡釜屬有曰錡無足曰釜箋云亨蘋藻者煮於魚湆之中是鉶羹之芼

亨本又作烹普庚反煮也

于以奠之宗室牖下奠置也宗室大宗之廟也大夫士祭於宗廟奠於牖下箋云牖下戶牖間之前祭不於室中者凡婚事於女禮設几筵於戶外此其義也與宗子主此祭

誰其尸之

維君使有司爲之

有齊季女尸主齊敬季女少女也蘋藻薄物也澗溪至質也筐筥錡釜陋

鉶六刑本或作鈃鄭云

器也少女微主也古之將嫁女者必先禮
之於宗室牲用魚芼之以蘋藻　箋云主
設羹者季女則非禮也女將行父禮之
而俟迎者蓋母薦之無祭事也祭禮主婦
設羹教成之祭更使季女者成其婦禮也
季女不主魚魚俎實男子設之其粢盛蓋
以黍稷
云也

采蘋三章章四句

甘棠美召伯也召伯之教明於南國　召伯姬姓也

茇蒲曷反徐又扶蓋反說文作废云草舍

名奭食菜於召作上公爲二伯後封于燕此美其爲伯之功故言伯也

蔽芾甘棠勿翦勿伐召伯所茇蔽芾小貌也甘棠杜也翦去伐擊也箋云茇草舍也召伯聽男女之訟重煩勞百姓止舍小棠之下而聽斷焉國人被其德說悅其化思其人敬其樹○蔽芾甘棠勿翦勿敗召伯所憩憩息也(一)蔽芾甘棠勿翦勿拜召伯所說說舍也箋云拜之言拔也

說本或作税又作脫同始銳反舍

甘棠三章章三句

行露召伯聽訟也衰亂之俗微貞信之教興彊暴之男不能侵陵貞女也 衰亂之俗微貞信之教興者此殷之末世周之盛德當文王與紂之時

厭浥行露豈不夙夜謂行多露 興也厭浥濕意也行道也豈不言有是也箋云夙早也夜暮厭浥然濕道中始有露謂二月中嫁取時

也言我豈不知當早夜成昏禮與謂道中之露太多故不行耳今彊暴之男以此多露之時禮不足而彊來不度時之可否故云然周禮仲春之月令會男女之無夫家者行事必以昏昕之時

○**誰謂雀無角何以穿我屋**

誰謂女無家何以速我獄不思物變而推其類雀之穿屋似有角者速召獄埆也　箋云女女彊暴之男變異也人皆謂雀之穿屋似有角者彊暴之男召我而獄似有室家之道於我也物有相似而不同雀之穿屋不以角乃以

噣本亦作蜀郭張救反何都豆反今彊暴之男召我而獄不以有室家之道於我乃以侵陵物與事有似而非同者士師所當審也

雖速我獄室家不足 婚禮純帛不過五兩

箋云幣帛猶可以備也室家不足謂媒妁之言不和六禮之來彊委之 媒音梅妁時約反亦作酌市酌反

○**誰謂鼠無牙何以穿我墉誰謂女無家何以速我訟** 墉牆也視牆之穿推其類可謂鼠有牙

雖速我訟亦不女從 不從終不棄禮而隨此彊暴之男

似非

側其反依字糸旁才後遂以戈爲才因作純

蛇本又作虵同音移讀此兩句當云委蛇委蛇沈讀作委委蛇蛇韓詩作逶迤云公正貌

行露三章一章三句二章章六句

羔羊鵲巢之功所致也召南之國化文王之政在位皆節儉正直德如羔羊也 鵲巢之君積行累功以致此羔羊之化在位卿大夫競相切化皆如此羔羊之人

羔羊之皮素絲五紽 小曰羔大曰羊素白也紽數也古者素絲以英裘不失其制大夫羔裘以居

退食自公委蛇委蛇 公

門也委蛇行可從迹也　箋云退食謂減膳食也自從也從於公謂正直順於事也委蛇委曲自得之貌節儉而順心志定故可自得也

○羔羊之革素絲五緎　革猶皮也緎縫也　委蛇委蛇自公退食　箋云自公退食猶退食自公

○羔羊之縫素絲五總　總言縫殺之大小得其制總數也　委蛇委蛇退食自公

羔羊三章章四句

殷其靁勸以義也召南之大夫遠行從政

不遑寧處其室家能閔其勤勞勸以義也

召南大夫召伯之屬

遠行謂使出邦畿

殷其靁在南山之陽　殷靁聲山南曰陽靁出地奮震驚百里山出雲雨以潤天下箋云靁以喻號令於南山之陽又喻其在外也召南大夫以王命施號令於四方猶靁殷殷然發聲於南山之陽

何斯違斯莫敢

或遑何何此君子也斯此違去遑暇也箋云何乎此君子適居此復去此轉
遠行從事於王所命之方無敢或閒暇時閔其勤勞振振君子歸哉
歸哉振振信厚也箋云大夫信厚之君子為君使功未成歸哉歸哉勸以為
臣之義未得歸也○殷其靁在南山之側亦在其陰與左
右也何斯違斯莫敢遑息息止也振振君子歸
哉歸哉○殷其靁在南山之下或在其下箋云下謂

何斯違斯，莫或遑處。山足下。處，居也。振振君子，歸哉歸哉。

殷其靁三章，章六句

摽有梅，男女及時也。召南之國，被文王之化，男女得以及時也。摽，婢小反，徐音符表反。

摽有梅，其實七兮。興也。摽，落也。盛極則墮落者，梅也。尚在樹者七。

箋云興者喻梅實尚有餘七未落喻始衰
也謂女年二十雖盛而不嫁至夏則衰
求我庶士迨其吉兮吉善也　箋云我我
當嫁者也庶衆迨及也
求女當嫁者之衆士宜及其善時
善時謂女年二十雖夏未大衰○摽有
梅其實三兮在者三也　箋云此夏向晩
梅之墮落差多在者餘三耳
求我庶士迨其今兮今急辭也○摽有梅頃筐
塈之塈取也　箋云頃筐取之
謂夏已晩頃筐取之於地
求我庶士

迨其謂之　不待備禮也三十之男二十之女禮未備則不待禮會而行之者所以蕃育民人也　箋云謂勤也女年二十而無嫁端則有勤望之憂不待禮會而行之者謂明年仲春不待以禮會之也時禮雖不備相奔不禁

摽有梅三章章四句

小星惠及下也夫人無妒忌之行惠及賤妾進御於君知其命有貴賤能盡其心矣

以遠日婦以行日歸
命謂禮命貴賤也

嘒彼小星三五在東 嘒微貌小星衆無名者也三心五噣四時更見 箋云衆無名之星隨心噣在天猶諸妾隨夫人以次序進御於君也心在東方三月時也噣在東方正月時也如是終歲列宿更見之也

肅肅宵征夙夜在公寔命不同 肅肅疾貌宵夜征行寔是也命不得同於列位也 箋云夙早也謂諸妾肅肅然夜行或早或夜在於君所以次序進御君是其禮

昴六卯徐又芳六
柳一名留二星皆西方宿

正室曰嫡隨嫁曰媵

命之數不同也。九妾 ○ 嘒彼小星維參與
御於君不敢當夕也
昴 參伐也。昴留也 箋云此言 肅肅宵征
衆無名之星亦隨伐留在天
抱衾與裯寔命不猶 衾被也。裯單被也。猶
若也 箋云裯牀帳
也。諸妾夜行抱被與牀帳待進御
之次序也。不若亦言尊卑異也

小星二章章五句

江有汜美媵也。勤而無怨嫡能悔過也。文

同姓三國媵之諸侯娶夫人則二國又繼[illegible]又妾之

渚
諸呂反韓詩云一溢一否曰渚本或無此注

王之時江汜之閒有嫡不以其媵備數媵遇勞而無怨嫡亦自悔也勤者以己宜媵而不得心望之

江有汜興也水決復入爲汜也　箋云興者喩江水大汜水小然而並流似嫡媵宜偕行之子于歸不我以不我以其後也悔嫡能自悔也　箋云之子是子也是子謂嫡也婦人謂嫁曰歸以猶與也○

江有渚渚小洲也水岐成渚　箋云江水流而渚留是嫡與己異心使己獨

猶

留不行也之子歸不我與不我與其後也處

處止也箋云嫡能悔過自止○江有沱沱江水之別者箋云岷山導江

東別爲沱也之子歸不我過不我過其嘯也

歌箋云嘯蹙口而出聲也嫡有所感而爲之既覺自悔而歌歌者有言其悔過以自解

說也

江有汜三章章五句

野有死麕惡無禮也天下大亂彊暴相陵遂成淫風被文王之化雖當亂世猶惡無禮也

無禮者謂不由媒妁鴈幣不至劫脅以成昏謂紂之世

野有死麕白茅包之

郊外曰野包裹也凶荒則殺禮猶有以將之野有死麕羣田之獲而分其肉白茅取其絜清也 箋云亂世之民貧而彊暴之男多行無禮故貞女之情欲令人以白茅裹束野中田者所分麕肉爲禮而來

有

純徒本反沈云鄭徒尊反又六屯反

女懷春吉士誘之 懷思也春不暇待秋也誘導也 箋云有貞女思仲春以禮與男會吉士使媒人導成之疾時無禮而言然

○林有樸樕野有死鹿白茅純束 樸樕小木也野有死鹿廣物也純束猶包之也 箋云樸樕之中及野若有死鹿皆可以白茅裹束以為禮廣可用之物非獨麕也純讀如屯

有女如玉 德如玉也 箋云如玉者取其堅而絜白

○舒而脫脫兮 舒徐也脫脫舒遲也 箋云貞女欲吉士以禮來脫

脫然舒也又疾時無禮彊暴之男相刼脅無感我帨兮感動也帨佩巾也箋云奔走失節則動其佩飾無使尨也吠尨狗也非禮相陵則狗吠

野有死麕三章二章章四句一章章三句

何彼襛矣美王姬也雖則王姬亦下嫁於

昭云古六尺書及後漢以来始有居音六居他皆放此釈名云古者曰車声如居所以居人今曰車音尺者又六舍反 章

諸侯車服不繫其夫下王后一等猶執婦

道以成肅雝之德也 下王后一等謂車乘厭翟勒面繢總服則

褕翟 或作狄王后六服第二

何彼襛矣唐棣之華 興也襛猶戎戎也唐棣栘也 箋云何乎彼戎戎者乃栘之華興者喻王姬顔色之美盛

易不肅雝王姬之車 肅敬雝和也 箋云曷何之往也何不敬和乎王姬往乘車也言其嫁時始乘

車則已敬和

何彼襛矣華如桃李平王之孫齊侯之子

平正也武王女文王孫適齊侯之子 箋云華如桃李者興王姬與齊侯之子顔色俱盛正王者德能正天下之主者

〇其釣維何維絲伊緡齊侯之子平王之孫

伊維緡綸也 箋云釣者以此有求於彼何以爲之乎以絲爲之綸則是善釣也以言王姬與齊侯之子以善道相求呼

何彼襛矣三章章四句

騶虞鵲巢之應也鵲巢之化行人倫既正朝廷既治天下純被文王之化則庶類蕃殖蒐田以時仁如騶虞則王道成也　應者應德自遠而至也

彼茁者葭　茁出也葭蘆也　箋云記蘆始出者著春田之早晚壹發

五豝　豕牝曰豝虞人翼五豝以待公之發　箋云君射一發而翼五豝者戰禽獸

之舍必戰之者仁心之至也 于嗟乎騶虞 騶虞義獸也白虎黑文不食生物有至信之德則應之箋云于嗟者美之也 ○ 彼茁者蓬 蓬草名也 壹發五豵 一歲曰豵 豵字又作䝮 箋云豕生三曰豵 于嗟乎騶虞

騶虞二章章三句

召南之國十四篇四十章百七十七句

毛詩卷第一

一 邶鄘衛譜 邶鄘衛者商紂畿内方千里之地其封域在禹貢冀州大行之東北踰衡漳東及兗州桑土之野周武王伐紂以其京師封紂子武庚為殷後庶殷頑民被紂化日久未可以建諸侯乃三分其地置三監使管叔蔡叔霍叔尹而教之自紂城而北謂之邶南謂之鄘東謂之衛武王既喪管叔及其群弟見周公將攝

柏木名〓為舟

毛詩卷第二

邶柏舟詁訓傳第三　邶蒲對反又作鄁方代反鄭玄殷紂都傳朝歌以北皆鄁王肅同從詁訓至十三國皆變風

毛詩國風

○鄭氏箋

柏舟言仁而不遇也衛頃公之時仁人不遇小人在側　不遇者君不受已之志也君近小人則賢者見侵害也

汎彼柏舟亦汎其流　興也汎汎流貌柏木名所以宜為舟也

亦汎其流不以濟渡也箋云舟載渡物者也今不用而與衆物汎汎然俱流水中

興者喻仁人之不用而羣小人並列亦猶是也耿耿不寐如有隱

憂耿耿猶儆儆也隱痛也箋云仁人既不遇憂在見侵害也微我無

酒以敖以遊非我無酒可以敖遊而忘憂之也○我心匪

鑒不可以茹鑒所以察形也茹度也箋云鑒之察形但知方圓白黑

不能度知其真僞也我心匪如是鑒也我於衆人之善惡外内心度知之爾也亦

有兄弟不可以據 據依也箋云兄弟至親當相據依言亦有不相據依以爲是者希耳責及薄言往愬之以兄弟之道謂同姓之臣也

逢彼之怒 彼彼兄弟也 ○我心匪石不可轉也我心匪席不可卷也 石雖堅尚可轉也席雖平尚可卷也 箋云言已心志堅平過於石席也 威儀棣棣不可選也 君子望之儼然可畏禮容俯仰各有威儀爾棣棣富而閑習也物有其容不可數也 箋云稱

已威儀如此者、言已德、備而不過、所以慍怒也。○憂心悄悄、慍于羣小。慍怒也、悄悄憂貌也、箋云羣小衆小人在君側者也。覯閔既多、受侮不少。閔病也之。靜言思之、寤辟有摽。靜安也、辟拊心也、摽拊心也、箋云言我也。○日居月諸、胡迭而微。箋云日君象也、月臣象也、微謂虧傷也、君道當常明如日、而月虧盈、今君失道而任小人、大臣專恣、則日如月然也。心之憂矣、如匪澣衣。

如衣之不澣矣、箋云衣之靜言思之不

不澣則憒亂垢辱無照察也

能奮飛不能如鳥奮翼而飛去也、箋云

臣不遇於君、猶不忍去、厚之至也

栢舟五章章六句

綠衣衞莊姜傷己也、妾上僭夫人失位而

作是詩也箋云綠當爲褖、故作褖、今轉作

綠、字之誤也、莊姜莊公夫人、齊

女也、姓姜氏、妾上僭者、謂公子

州吁之母也、母嬖而州吁驕也

綠兮衣兮、綠衣黃裏興也、綠間色、黃正色也、箋云褖兮衣兮、
言褖衣自有禮制也、諸侯夫人祭服之下服也、鞠衣爲上、展衣次之、褖衣次之、次之者、衆妾亦以貴賤之等服之、鞠衣黃、展衣白、褖衣黑、皆以素紗爲裏、今褖衣反以黃爲裏、非其禮制也、故以諭妾上僭焉

心之憂矣曷惟其已

憂、雖欲自止、何時能自止也

○綠兮衣兮綠衣黃裳

上曰衣下曰裳、箋云婦人之服、不殊衣裳、上下同色、今衣黑而裳黃、諭亂嫡妾之禮者

嫡出曰嫡子妾出曰
庶子

者心之憂矣曷維其亡箋云亡之○綠兮
也訓忘也
絲兮女所治兮綠末也、絲本也、箋云女
女妾之上僭者也、必先染
絲、而然後制衣、皆汝之所治爲也、而汝反
亂之、亦論其亂嫡妾之禮、責之以本末之行
也、禮大夫以上衣我思古人俾無訧兮俾
織故本於絲也使
也、訧過也、箋云古人謂制禮者也、我思
此古人定尊卑使人無過差之行、故心善
也○絺兮綌兮凄其以風淒寒風也、箋
之云絺綌所以當

暑也、今以待寒、
諭、失其所也。
我思古人實獲我心 古之君子、
實得我之心也。箋云古人聖人制禮者
也、使夫婦有道、妻妾貴賤各有次序也。

綠衣四章章四句

燕燕衛莊姜送歸妾也 莊姜無子、陳女戴
媯生子、名完、莊姜
以爲己子、莊公薨、完立、而州吁殺之、戴媯
於是大歸、莊姜遠送于野、作是詩見己志
也。

燕燕于飛、差池其羽。燕燕、鳦也。言燕之。於飛、差池其羽。箋云、于、往也。差池其羽、謂張舒其尾翼也。興戴嬀將歸、顧視其衣服也。之子于歸、遠送于野。之子、去者也。歸、歸宗也。遠送、過禮也。于、於也。野、郊外也。箋云、婦人之禮、送迎不出門。今我送是子、乃至於野者、舒己憤、盡己情也。瞻望弗及、泣涕如雨。瞻、視也。○燕燕于飛、頡之頏之。飛而上曰頡、飛而下曰頏。箋云、頡頏、興戴嬀將歸、出入前却也。之子

瘞作瘗

于歸遠于將之將行也箋云將亦送瞻望弗及佇
立以泣佇立久立也○燕燕于飛下上其音飛而
上曰上音飛而下曰下音箋云下上其
音興戴嬀將歸言語感激聲音有大小也
之子于歸遠送于南陳在衛南瞻望弗及實勞
我心實是也○仲氏任只其心塞淵仲戴嬀字也任
大也塞瘞也淵深也箋云任者以恩相
親信也周禮六行孝友睦姻任恤也之

終溫且惠淑愼其身惠順也箋云溫謂顏色和也淑善也

先君之思以勗寡人勗勉也箋云戴嬀思先君莊公之故故將歸猶勸勉寡人以禮義寡人莊姜自謂也

燕燕四章章六句

日月衛莊姜傷己也遭州吁之難傷己不見答於先君以至窮困而作之詩也

日居月諸照臨下土日乎月乎照臨之也箋云日月諭國君與夫人也當同德齊意以治國者常道矣乃如之人兮逝不古處逝逮也古故也箋云之人是人也謂莊公也其所以接及我者不以故處甚違其初時也胡能有定寧不我顧胡何也定止也箋云寧猶曾也君之行如是何能有所定乎曾不顧念我之言是其所以不能定完也○

日居月諸下土是冒冒覆也箋云覆猶照臨也乃如

之人兮逝不相好不及我以相好也箋云其所以接及我者不以相好之恩情甚於已薄也胡能有定寧不我報盡婦道而不得報也○日居月諸出自東方日始月盛皆出東方箋云自從也言夫人當盛之時與君同位乃如之人兮德音無良音聲良善也箋云無善恩意之聲語于我也胡能有定俾也可忘箋云俾使也君之行如此何能有所定使是無良可忘也○日居

月諸東方自出父兮母兮畜我不卒 箋云畜養、

卒終也、父兮母兮者言己尊之如父、又親之如母、乃反養遇我不終也 胡能

有定報我不述 述循也 箋云不循不循禮也 本文作術

日月四章章六句

終風衛莊姜傷己也遭州吁之暴見侮慢

而不能正也 正猶止也

正義曰暴与難一也皆由所是尼難之事故上篇言雖見侮慢暴戾之事故此思何言暴此經皆是暴戾見侮慢之事

終風且暴，顧我則笑。興也。終日風爲終風。暴，疾也。笑，侮之也。箋云：既竟日風矣，而又暴疾。興者，喻州吁之爲不善，如終日風之無休止，而其間又有甚惡。其在莊姜之傍，視莊姜則反笑之，是無敬心之甚也。謔浪笑敖，中心是悼。言戲謔不敬也。箋云：悼者，傷其如是，然而已不得止也。○

終風且霾，惠然肯來。霾，雨土也。言時有順心也。箋云：肯，可也。有順心然後可以來至我傍，不欲見其戲謔也。莫往莫來，悠悠我

釋天云日出而風爲暴孫炎曰陰雲不興而大風暴起然則爲風之暴疾故云暴疾也

釋詁云謔浪笑敖戲謔也舍人曰謔戲謔也浪意萌也笑心樂也敖意舒也

釋天云風而雨土爲霾孫炎曰大風揚塵土從上下也

思人、無子道以來事己、己亦不得以母道

往加之也、　箋云我思其如是、心悠悠

然。　○終風且曀、不日有曀。傳、而風曰曀也、　箋云有又也、既

竟日風且復曀、不見日矣、而　寤言不寐、願

又曀、諭州吁之闇亂甚也。

言則嚏。嚏劫也。　箋云言我也、願思也、嚏

讀當爲不敢嚏咳之嚏、我其憂悼

而不能寐、汝思我心如是、我則嚏也、

今俗人嚏云、人道我、此古之遺語也。　○曀

曀其陰。如常陰曀曀然也。　虺虺其靁。暴若震雷之虺虺然之也。

正義曰内則云子在父母之所不敢噦噫嚏咳、此

寤言不寐願言則懷懷傷也箋云懷安也汝思我心如是我心則安之

終風四章章四句

擊鼓怨州吁也衛州吁用兵暴亂使公孫文仲將而平陳與宋國人怨其勇而無禮也將者將兵以伐鄭也平成也將伐鄭先告陳與宋以成其伐事也春秋傳曰宋

左傳云鄭伯朝於楚、楚子賜之金、曰無以鑄兵、兵者人所執可手人、亦曰兵、

殤公之即位也、公子馮出奔鄭、鄭人欲納之、及衛州吁立、將修先君之怨於鄭、而求寵於諸侯、以和其民人也、使告於宋曰、君若伐鄭、以除君害、君為主、敝邑以賦與陳蔡從、則衛國之願也、宋人許之、於是陳、蔡、方睦於衛、故宋公、陳侯、蔡人、衛人伐鄭、是也、伐鄭在魯隱公四年也

擊鼓其鏜、踊躍用兵、鏜然擊鼓聲也、使衆皆踊躍用兵也、

土國城漕、我獨南行、大此用兵、謂其治兵之時也、漕衛邑[illegible]

其正又曰古者兵車
馬一乘甲士三人步
卒七十二人則死傷及
病兼步卒亡其馬
唯甲士耳

箋云此言衆民皆勞苦也或役土功於國或脩治漕城而我獨見使從軍南行伐鄭是尤勞苦之甚者也○**從孫子仲平陳宋**孫子仲公孫文仲也平陳於宋也箋云仲字也平陳於宋謂使告宋曰君爲主敝邑以賦與陳蔡從之**不我以歸憂心有忡**憂心忡忡然也箋云以猶與也與我南行不與我歸兵凶事懼不得歸豫憂也之○**爰居爰處爰喪其馬**有不還者有亡其馬者箋云爰於也不還謂死也傷也病也今於何處乎於

何居乎於何喪其馬乎也于以求之于林之下山木曰林 箋云于於也求不還者及其馬者當於山林下軍行必依山林求其故處近得也○死生契闊與子成說契闊懃苦也說數也 箋云從軍之士與其伍約死也生也相與處勤苦之中我與子成相說愛之恩志在相存救也執子之手與子偕老偕俱也 箋云執其手與之約誓示信也言俱老者庶幾俱免於難○于嗟闊兮不我活兮不與我生

活也。箋云、州吁阻兵安忍。阻兵無衆、安忍無親。衆叛親離、軍士棄其約、離散相遠。故吁嗟歎之。闊兮、女不與我相救活。傷之至也。

于嗟洵兮、不我信兮

洵、遠。信、極也。箋云、歎其棄約、不與我相親信、亦傷之也。

擊鼓五章章四句

凱風美孝子也。衛之淫風流行、雖有七子之母、猶不能安其室。故美七子能盡其孝

道以慰其母心而成其志爾　不安其室欲去嫁也成其志者成言孝子自責之意

凱風自南吹彼棘心　興也南風謂之凱風樂夏之長養棘難長養者　發去興者以凱風喩寬仁之母棘猶七子之也

棘心夭夭母氏劬勞　夭夭盛貌劬勞病苦也　發去夭以喩七子少長母養之病苦也

○

凱風自南吹彼棘薪　棘薪其成就者

母氏聖善我

無令人　聖叡也。箋云：聖當作叡。令，善也。毋乃有叡智之善德，我七子無善人能報之者，故母不安我室，欲去嫁也。

○爰有寒泉，在浚之下。　浚，衛邑也。在浚之下，言有益於浚。箋云：爰，曰也。曰有寒泉者，在浚之下，浸潤之，使浚之民逸樂，以興七子不能如也。

有子七人，母氏勞苦。

○睍睆黃鳥，載好其音。　睍睆，好貌。箋云：睍睆以興顏色說也。載好其音者，興其辭令順也。以言七子不能如也。

有子七人，莫慰

母心慰安也

凱風四章章四句

雄雉刺衛宣公也淫亂不恤國事軍旅數

起大夫久役男女怨曠國人患之而作是

詩

淫亂者荒放於妻妾烝於夷姜之等國

人久處軍役之事故男多曠女多怨

男曠而苦其事女

怨而望其君子

雄雉于飛泄泄其羽 興也雄雉見雌雉飛而鼓其翼泄泄然

箋云興者喩宣公整其衣服而起奮訊其形貌志在婦人而已不恤國之政事

我之懷矣自詒伊阻 詒遺伊維阻難也 箋云懷安也伊當作繄繄猶是也君之行如是我安其朝而不去今從軍旅久役不得歸此自遺以是患難

○雄雉于飛下上其音 箋云下上其音興宣公小大其聲怡說婦人

展矣君子實勞我心 展誠也 箋云誠矣君子訴於

君子也君之行如是實使我心勞○瞻彼
矣君若不然則我無軍役之事
日月悠悠我思瞻視也箋云視日月之
行迭往迭來今我君子獨
久行役而不得來使我心道之云遠曷云
悠悠然思之女怨之辭
能來箋云曷何也何
時能來望之也○百爾君子不知德
行箋云爾女也女女衆君子我不知人之
德行何如者可謂爲有德行而君或有
所留女怨忮害臧善
故問此焉不忮不求何用不臧也箋云

正曰意爲淫亂亦應刺夫人也獨言宣公
有以詩者主爲規諫君故本君言之其
實亦刺夫人也故經首章三章下章五章皆
不依禮臣娶二五章三章五章
責夫人犯禮求以並之並刺

我君子之行不疾害不求備於一人其行
何用爲不善而君獨遠使之在外不得來
歸亦女
怨之辭

雄雉四章章四句

匏有苦葉刺衞宣公也公與夫人並爲淫
亂夫人謂夷姜

匏有苦葉濟有深涉 興也匏謂之瓠瓠葉苦不可食也濟渡也

由膝以上爲渉。箋云、匏葉苦而渡處深、
謂八月之時、陰陽交會、始可以爲昏禮、納
采問名。**深則厲、淺則揭。**以衣渉水爲厲、謂由帶以上也。揭、褰衣也。
遭時制宜、如過水深則厲、淺則揭矣。男女
之際、安可以無禮義。將無以自濟也。箋
云、既以深淺記時、因以水深淺喩男女之
才性、賢與不肖、及長幼也。各順其人之宜、
爲之求妃耦。○**有瀰濟盈、有鷕雉鳴。**瀰、深水也。盈、滿也。深
水人之所難也。鷕、雌雉聲也。衞夫人有淫
佚之志、授人以色、假人以辭、不顧禮義之

難至使宣公有淫昏之行箋云有瀰濟盈謂過於厲喩犯禮深也

濟盈不濡軌雉鳴求其牡濡漬也由輈以上為軌違禮義不由其道猶雉鳴而求其牡矣飛曰雌雄走曰牝牡箋云渡深水者必濡其軌言不濡者喩夫人犯禮而不自知雉鳴反求其牡喩夫人所求非所求

○**雝雝鳴鴈旭日始旦**雝雝鴈聲和也納采用鴈旭日始出謂大昕之時箋云鴈者隨陽而處似婦人從夫故昏禮用焉自納采至請期用昕親迎用昏

士如歸妻

迨冰未泮　迨及泮散也　箋云歸妻使之來歸於己謂請期也冰未散正月中以前也二月可以昏矣

○招招舟子人渉卬否　招招號召之貌舟子舟人主濟渡者卬我也　箋云舟人之子號召當渡者猶媒人之會男女無夫家者使爲妃匹人皆從之而渡我獨否

人渉卬否卬須我友　人皆渉我友未至我獨待之而不渉以言室家之道非得所適貞女不行非得禮義昏姻不成

匏有苦葉四章章四句

谷風刺夫婦失道也衛人化其上淫於新昏而棄其舊室夫婦離絕國俗傷敗焉新昏者新所與為昏禮者

習習谷風以陰以雨興也習習和舒貌東風謂之谷風陰陽和而谷風至夫婦和則室家成室家成而繼嗣生黽勉同心不宜有

怒言黽勉者思與君子同心也　箋云所以黽勉以爲見譴怒者非夫婦之宜

采葑采菲無以下體 葑須也菲芴也下體根莖也　箋云此二菜者蔓菁與葍之類也皆上下可食然而其根有美時有惡時采之者不可以根惡時并棄其葉喻夫婦以禮義合顏色相親亦不可以顏色衰棄其相與之禮

德音莫違及爾同死 箋云莫無及與也夫婦之言無相違者則可與女長相與處至死顔色斯須之有耳 ○

行道遲遲中心有違

遲遲舒行皃。違離也。箋云違猶徘徊也行於道路之人至將離別尚舒行其心徘徊然喻君子於已不能如也

不遠伊邇薄送我畿

畿門內也　箋云邇近也言君子與己決別不能遠維近耳送我裁於門內無恩情之甚

誰謂荼苦其甘如薺

荼苦菜也　箋云荼誠苦矣而君子於已之苦毒又甚於荼比方之荼則甘如薺也

宴爾新昏如兄如弟

宴安也

○涇以渭濁湜湜其沚

涇渭相入而清濁異　箋云小清曰

沚。涇水以有渭故見其濁湜湜持正貌喻君子得新昏故謂已惡也已之持正守初如沚然不動搖此絕去所經見目取以自喻焉

宴爾新昏不我屑以

屑潔也　箋云以用也言君子不復潔用我當室家

毋逝我梁毋發我笱

逝之也梁魚梁笱所以捕魚也　箋云毋者喻禁新昏也女毋之我家取我為室家之道

我躬不閱遑恤我後

閱容也　箋云躬身遑暇恤憂也我身尚不能自容何暇憂我後所生子孫也

○就其深矣

方之舟之就其淺矣泳之游之舟船也箋云方泭也潛行爲泳言深淺者喻君子之家事無難易吾皆爲之何有何亡黽勉求之有謂富也亡謂貧也箋云君子何所有乎何所亡乎吾其黽勉勤力爲求之有求多亡求有凡民有喪匍匐救之箋云匍匐言盡力也凡於民有凶禍之事鄰里尚盡力往救之況我於君子家之事難易乎固當黽勉以疏喻親也

○不我能慉反以我爲讎慉養也

箋云慉驕也君子不能以恩驕樂我反憎惡我既阻我德賈用不售阻難也箋云既難却我隱蔽我之善我脩婦道而事之覬其察己猶見䟽外如賣物之不售昔育恐育鞫及爾顛覆育長鞫窮也箋云昔育育稚也及與也昔幼稚之時恐至長老窮匱故與女顛覆盡力於衆事難易無所辟既生既育比予于毒箋云生謂財業也育謂長老也于於也既有財業矣又既長老矣其視我如毒螫言惡己甚也○我有旨

蓄亦以御冬。旨，美。御，禦也。箋云：蓄聚美菜者，以禦冬月乏無時也。

宴爾新昏，以我御窮。箋云：君子亦但以我御窮苦之時，至於富貴則棄我，如旨蓄然。

有洸有潰，既詒我肄。洸洸，武也。潰潰，怒也。肄，勞也。箋云：詒，遺也。君子洸洸然潰潰然，無溫潤之色，而盡遺我以勞苦之事，欲窮困我。

不念昔者，伊余來塈。塈，息也。箋云：君子忘舊，不念往昔年稚我始來之時安息我。

谷風六章章八句

式微黎侯寓于衛其臣勸以歸也　寓寄也黎侯爲狄人所逐棄其國而寄於衛衛處之以二邑因安之可以歸而不歸故其臣勸之

式微式微胡不歸　式用也箋云式微式微者微乎微者也君何不歸乎禁君留止於此之辭式發聲也

微君之故胡爲乎中露　微無也中露衛邑也箋云我若無君何爲處此乎臣又極諫之辭　○式

礼 方伯連率者王制云五國以為屬屬有長十國以為連連有帥三十國以為卒卒有正二百一十國以為州州有伯
注云凢長皆因賢侯為之 殷州長曰伯虞夏及周皆曰牧又曰千里之外設方伯公羊傳曰上无明天子下无賢方伯二背二謂州長則此方伯亦州長矣。
連所以結其从卒者所以應卒然之变 屬有長足以長五國連有帥足以率十國卒有正足以正三十國州有伯足以長二百一十國州八伯五十六正百六十八師三百三十六長 長者大帥人者智也正人者義也長人者仁也國周礼見

式微式微胡不歸微君之躬胡為乎泥中 泥中衛下邑也

式微二章章四句

旄丘責衛伯也狄人迫逐黎侯黎侯寓于衛衛不能脩方伯連率之職黎之臣子以責於衛也 衛康叔之封爵稱侯今曰伯者時為州伯也周之制使伯佐牧

命作伯之謂也

春秋傳曰五侯九
伯謂侯爲牧者也
旄丘之葛兮何誕之節兮 興也前高後下
曰旄丘諸侯以
國相連屬憂患相及如葛之蔓延相連及
也誕闊也 箋云土氣緩則葛生闊節興
者喻此時衛伯不恤其職
故其臣於君事亦䟐廢也 叔兮伯兮何多
日也 日月以逝而不我憂 箋云叔伯字
也呼衛之諸臣叔與伯與女期迎我
君而復之可來而不來女日數何
其多也先叔後伯臣之命不以齒 ○何其

處也必有與也 言與仁義也 箋云我君何以久處於此乎必以衛有仁義之道故也責衛今不行仁義 何其久也必有以也 必以有功德 箋云我君何以久留於此乎必以衛有功德故也又責衛今不務功德也

○狐裘蒙戎匪車不東 大夫狐蒼裘蒙戎以言亂也不東言不來東也 箋云刺衛諸臣形貌蒙戎然但為昏亂之行女非有戎車乎何不來東迎我君而復之黎國在衛西今所寓在衛東 叔兮伯兮靡所與

無救患恤同也　箋云衛之諸臣行如
同是不與諸伯之臣同言其非之特甚
○瑣兮尾兮流離之子　瑣尾少好貌流離
鳥也少好長醜始
而愉樂終以微弱　箋云衛之諸
臣初有小善終無成功似流離也　叔兮伯
兮褎如充耳　褎盛服也充耳盛飾也大夫
褎然有尊盛之服而不能稱德
也　箋云充耳塞耳也言衛之諸臣顏色
褎然如見塞耳無聞知也人之耳聾恒多
笑而
已

旄丘四章章四句

簡兮刺不用賢也衛之賢者仕於伶官皆可以承事王者也　伶官樂官也伶氏世掌樂官而善焉故後世多號樂官爲伶官

簡兮簡兮方將萬舞　簡大也方四方也將行也以干羽爲萬舞用之宗廟山川故言於四方　箋云簡擇將且也擇兮擇兮者爲且祭祀當萬舞也

萬舞干舞也　日之方中在前上處　教國子弟以日中爲期

箋云在前上處者在前列上頭也周禮大胥掌學士之版以待致諸子春入學舍菜合舞　碩人俣俣公庭萬舞　碩人大德也俣俣容貌大也萬舞非但在四方親在宗廟公庭

○有力如虎執轡如組　組織組也武力比於虎可以御亂御衆有文章言能治衆動於近成於遠也　箋云碩人有御亂御衆之德可任爲王臣

左手執籥右手秉翟　籥六孔翟

翟、羽也。箋云、碩人多才多藝。赫如渥赭、

又能籥舞、言文武道備矣也。

公言錫爵。赫、赤貌。渥、厚漬也。祭有畀煇胞翟閽寺者、惠下之道、見惠不過一散。

箋云、碩人容色赫然、如厚傅丹、君徒賜其一爵而已、不知其賢而進用之。散受五升。

○山有榛、隰有苓。榛、木名。下濕曰隰。苓、大苦。箋云、榛也、苓也、生各得其所、以言碩人處非其位。

云誰之思、西方美人。箋云、我誰思乎、思周室之賢者、以其宜薦碩人、與在王位。

彼美人兮、西方之

受或作容

人兮

乃宜在王室。箋云：彼美人謂碩人也。

簡兮三章章六句

泉水，衛女思歸也。嫁於諸侯，父母終，思歸寧而不得，故作是詩以自見也。

以自見者，見己志也。國君夫人父母在則歸寧，没則使大夫寧於兄弟。衛女之思歸，雖非禮，思之至也。

毖彼泉水，亦流于淇。

興也。泉水始出，毖然流也。淇，水名也。箋

云泉水流而入淇猶婦人出嫁於異國

有懷于衛靡日不思

箋云懷至靡無也汝言我有所至念於衛無一日不思也所至念者謂諸姬諸姑伯姊

孌彼諸姬聊與之謀

孌好貌諸姬同姓之女聊願也箋云聊且略之辭諸姬者未嫁之女我且欲略與之謀婦人之禮觀其志意親親之恩至也

○**出宿于泲飲餞于禰**

泲地名祖而舍軷飲酒於其側曰餞重始有事於道也禰地名箋云泲禰者所嫁國適衛之道所經見故思宿餞

之也

女子有行遠父母兄弟

箋云行道也婦人有出嫁之道遠於親親故禮緣人情使得歸寧之

問我諸姑遂及伯姊

父之姊妹稱姑先生曰姊箋云寧則又問姑及姊親其類也先姑後姊尊姑也

○

出宿于干飲餞于言

干言所適國郊也箋云干言猶泲禰未聞遠近同異

載脂載舝還車言邁

脂舝其車以還我行也

箋云言還車者嫁時乘來今思乘以歸

遄臻于衛不瑕有害

遄、疾、臻、至、瑕、遠也、箋云、瑕、猶過也、害、何也、我還車疾至於衞而返、於行無過差、有何不可、而止我○我思肥泉、兹之永歎、所出同、所歸異、爲肥泉、箋云、兹、此也、自衞而來、所渡水、故思此而長歎、思須與漕、我心悠悠、須、漕、衞邑也、箋云、自衞而來所經邑、故又思之、駕言出遊、以寫我憂、寫、除也、箋云、既不得歸寧、且欲乘車出遊、以除我憂、

泉水四章、章六句

北門剌仕不得志也言衛之忠臣不得其志爾
不得其志者君不
知己志而遇困苦
出自北門憂心殷殷
興也北門背明鄉陰
箋云自從也興者喻
已仕於闇君猶行而出
北門心爲之憂殷殷然
終窶且貧莫知我艱
窶者無禮也貧者困於財箋云艱難
也君於己祿薄終不足以爲禮又近困
於財無知己以此爲艱者
言君既然矣諸臣亦如之
已焉哉天實爲

之謂之何哉箋云謂勤也詩人事君無二志故自決歸之於天我勤身以事君何哉忠之至○王事適我政事一埤益我適之埤厚也箋云國有王命役使之事則不以之彼必來之我有賦稅之事則減彼而而以益我言君政徧已無其苦我入自外室人交徧讁我讁責也箋云我從外而入在室之人更迭徧來責我使已去也言室人亦不知已志已焉哉天實為之謂之何哉○王事敦

我政事一埤遺我 敦厚。遺加也。箋云敦猶投擲也 我入

自外室人交徧摧我 摧沮也。箋云摧者刺譏之言 已焉

哉天實爲之謂之何哉

北門三章章七句

北風刺虐也衛國並爲威虐百姓不親莫

不相攜持而去焉

北風其涼雨雪其雱興也北風寒涼之風雱盛貌箋云寒涼之風病害萬物興者喻君政教酷暴使民散亂惠而好我攜手同行惠愛行道也箋云性仁愛而又好我者與我相攜持同道而去疾時政也其虛其邪既亟只且虛虛徐也亟急也箋云邪讀如徐言今在位之人其故威儀虛徐寬仁者今皆以爲急刻之行矣所以當去以此也○

北風其喈雨雪其霏喈疾貌霏甚貌惠而好我攜

手同歸 歸、歸有德也 其虛其邪既亟只且○莫

赤匪狐莫黑匪烏 狐赤烏黑莫能別也箋云赤則狐也黑則烏

也猶今君臣相承為惡如一 惠而好我攜手同車 攜于載乎

其虛其邪既亟只且

北風三章章六句

靜女刺時也衛君無道夫人無德 以君及夫人無

道德故陳靜女遺我以彤管之法德如是可以易之爲人君之配

靜女其姝俟我於城隅 靜貞靜也女德貞靜而有法度乃可說也姝美色也俟待也城隅以言高而不可踰箋云女德貞靜然後可畜美色然後可安又能服從待禮而動自防如城隅故可愛也

愛而不見搔首踟躕 言志往而行止箋云志往謂踟躕行止謂愛之而不往見

○靜女其孌貽我彤管 既有靜德又有美色又能遺我以古人之法可

以配人君也古者后夫人必有女史彤管之法女史不記過其罪殺之后妃羣妾以禮御於君所女史書其日月授之以環以進退之生子月辰則以金環退之當御者以銀環進之著于左手既御著于右手事無大小記以成法■箋云彤管筆赤管也

彤管有煒說懌女美

煒赤貌彤管以赤心正人也箋云說懌當作說釋赤管煒煒然女史以之說釋妃妾之德美之

○自牧歸荑

洵美且異

牧田官也荑茅之始生也本之於荑取其有始有終箋云洵

信也。茅絜白之物也。自牧田歸荑。其信美而異者。可以供祭祀。猶貞女在窈窕之處。媒氏達之。可以配人君也。

匪女之爲美。美人之貽。

非爲其徒說美色而已。美其人能遺我以法則。則。箋云。遺我者。遺我以賢妃也。

靜女三章章四句

新臺刺衛宣公也。納伋之妻。作新臺于河上而要之。國人惡之而作是詩也。

伋。宣公之世子。

新臺有泚河水瀰瀰泚鮮明貌瀰瀰盛貌水所以絜汙穢反于
河上而爲淫昏之行燕婉之求籧篨不鮮燕安婉順也籧篨不
能俯者箋云鮮善也伋之妻齊女來嫁於衛其心本求燕婉之人謂伋也反得籧
篨不善謂宣公也籧篨口柔常觀人顏色而爲之辭故不能俯也○新臺
有洒河水浼浼洒高峻也浼浼平地也燕婉之求籧
篨不殄殄絕也箋云殄當作腆腆善也○魚網之設

則離之言所得非所求也箋云設魚網者宜得魚鴻乃鳥也反離焉猶齊女以禮來求世子而得宣公燕婉之求得此戚施戚施不能仰者箋云戚施面柔下人以色故不能仰也

新臺三章章四句

二子乘舟思伋壽也衛宣公之二子爭相為死國人傷而思之作是詩也

二子乘舟汎汎其景二子伋壽也宣公爲
伋娶於齊而美公
奪之生壽及朔朔與其母愬伋於公公
令伋之齊使賊先待於隘而殺之壽知之以
告伋使去之伋曰君命也不可以逃壽竊
其節而先往賊殺之伋至曰君命殺我
壽有何罪賊又殺之國人傷其涉危遂往如
乘舟而無所薄汎汎然迅疾而不礙也
願言思子中心養養願每也養養然憂不
知所定箋云願
也念我思此二子
心爲之憂養養然○二子乘舟汎汎其逝

逝往也

願言思子不瑕有害 言二子之不遠害 箋云瑕猶過也我念思此二子之事於行無過差有何不可而不去也

二子乘舟二章章四句

邶國十九篇七十一章三百六十三句

毛詩卷第二

毛詩卷第三

鄘柏舟詁訓傳第四

毛詩國風　　　　鄭氏箋

柏舟共姜自誓也衛世子共伯蚤死其妻守義父母欲奪而嫁之誓而弗許故作是詩以絕之

之世子

髦礼子生三月剪髮為鬌
鬌長大作髦以象之
鬌音朵丁果反

汎彼柏舟在彼中河 興也。中河，河中。云舟在河中，猶婦人之在夫家，是其常處。髧彼兩髦實維我儀 髧，兩髦之貌。髦者，髮至眉，子事父母之飾。儀，匹也。箋云：兩髦之人，謂共伯也。實是我之匹，故我不嫁也。禮：世子昧爽而朝，亦櫛縰、笄、總、拂髦、冠、緌、纓。之死矢靡它 矢，誓。靡，無。之，至也。至已之死，信無它心。母也天只不諒人只 諒，信也。母也，天也，尚不信我。天，謂父也。

○汎彼柏舟在彼河側 髧

髧彼兩髦實維我特特匹也之死矢靡慝慝邪也

母也天只不諒人只

柏舟二章章七句

牆有茨衛人刺其上也公子頑通乎君母國人疾之而不可道也宣公卒惠公幼其庶兄頑烝於惠公之母生子五人齊子戴公文公宋桓夫人許穆夫人

牆有茨不可埽也 興也。牆所以防非常。茨蒺藜也。欲埽去之反傷牆也。箋云國君以禮防制一國。今其宮內有淫昏之行者。猶牆之生蒺藜。

中冓之言不可道也 中冓內冓也。箋云內冓之言。謂宮中所冓成頑與夫人淫昏之語。

所可道也言之醜也 於君醜也

○牆有茨不可襄也 襄除也

中冓之言不可詳也 詳審也

所可詳也言之長也 長惡長也

○牆有茨

刺今夫人有淫佚之行不能与君子偕老ここ者謂能守義貞潔以事君子ここ雖死志行不變与君子偕至於老

不可束也束而去之中冓之言不可讀也讀抽也箋云抽猶出也所可讀也言之辱也辱辱君也

牆有茨三章章六句

君子偕老刺衛夫人也夫人淫亂失事君子之道故陳人君之德服飾之盛宜與君子偕老也夫人宣公夫人惠公之母也人君小君也或者亦字誤作人

褕 王后第二服曰褕翟又作褕音遥

君子偕老副笄六珈 能與君子俱老乃宜君尊位服盛服也副者后夫人之首飾編髮為之笄衡笄也珈笄飾之最盛者所以別尊卑箋云珈之言加也既副既笄而加飾如今步搖上飾古之制所有未聞

委委佗佗如山如河 委委者行可委曲蹤迹也佗佗者德平易也山無不容河無不潤

象服是宜 象服尊者所以為飾箋云象服者謂揄翟闕翟也人君之象服則舜所云予欲觀古人之象日月星辰之屬

子之不淑云如

正曰傳以翟雉名也今
私名曰翟一
玼六玭又且礼反鮮盛
皃說文云新色鮮也玉篇
字林云鮮也
且礼反又云鮮明皃
沈云毛及呂沈並依
一解王肅云顏色
衣服鮮明皃本或作
瑳此是後文瑳兮
王肅注好美衣服
絜白本或作
与此同不容重皃今
檢王肅本後不釈不
如沈所言也舊本皆
前作玼後作瑳字

如之何。有子者是可謂不善乎。箋云子
乃服飾如是，而爲不善之行，於礼
當如之何。深疾之。○玼兮玼兮，其之翟也。玼，鮮盛皃。褕翟
闕翟，羽飾衣也。箋云，侯伯夫
人之服，自褕翟而下，如王后焉。鬒髮如雲，
不屑髢也。鬒，黑髮也。如雲，言美長也。屑，絜
也。箋云，髢，髲也。不絜者，不用
髲爲善。玉之瑱也，象之揥也。瑱，塞耳也。揥，所以摘髮也。揚
且之皙也。揚，眉上廣。皙，白皙。胡然而天也，胡然而

瑳說文云、玉色鮮白也。
正七字本云、展衣則
裹衣縐絺。俗本多
云冬衣展衣、蓋誤也。
又鮮展衣所用云、此
以禮見於君及賓客
之盛服。玉藻云、一命禮
衣。喪大記曰、世婦禮
衣。是禮記作禮衣之
定本云、禮記作禮、無
衣字。司服注以展
為声誤、從禮為正。
以衣服之字宜從衣
故也。

帝也 尊之如天、審諦如帝。箋云、胡、何
帝、五帝也。何由然、女見尊敬、如天帝
乎。非由衣服之盛、顔色○瑳兮瑳兮、其之
之莊與、反為語、音之行
展也。蒙彼縐絺、是紲袢也。
礼有展衣者、以
丹縠為衣、蒙、覆
也。絺之靡者為縐。是當暑袢延之服也。
箋云、后妃六服之次、展衣宜白。縐絺、絺之
蹙蹙者、冬以表展衣、夏則裏衣縐絺。此以礼見
於君及賓客之盛服也。展衣字誤。礼記作
襢衣。
子之清揚、揚且之顔也
清視清明也。揚、廣揚而顔角豐

請。展如之人兮、邦之媛也。展、誠也。美女為媛。箋云、媛者、邦人所依倚以為援助也。疾宣姜有此盛服而以淫昏亂國、故云然。

君子偕老三章、一章七句、一章九句、一章八句。

桑中、刺奔也。衛之公室淫亂、男女相奔、至于世族在位、相竊妻妾、期於幽遠、政散民流而不可止。然衛之公室淫亂，謂宣惠之世，男女相奔，不待媒氏以禮會之也。世族在位，取姜氏弋氏庸氏者也。竊，盜也。幽遠，謂桑中之野。

爰采唐矣，沬之鄉矣。爰，於也。唐，蒙菜名。沬，衛邑。箋云：於何采唐，必於沬之鄉。猶言欲為淫亂者，必之衛之都，惡衛為淫亂之主。云誰之思，美孟姜矣。姜，姓也。言世族在位，有是惡行。箋云：淫亂之人誰思乎？乃思美孟姜。孟姜，列國之長女，而思與淫亂。疾世族在位有是惡行也。期我乎桑中要我乎上宮送我乎淇之上矣 桑中、上宮、所期之地、淇水名也、箋云、此思而妻之愛厚已也、與我期於桑中而要見我於上宮、其送我則於淇水之上

爰采麥矣沫之北矣云誰之思美孟弋矣 弋姓也

期我乎桑中要我乎上宮送我乎淇之上矣

爰采葑矣沫之東矣 箋云、葑蔓草

云誰之思美孟庸矣 庸姓也

期我乎桑中要我乎上宮送我乎淇之上矣

桑中三章章七句

鶉之奔奔刺衛宣姜也衛人以為宣姜鶉鵲之不若也刺宣姜者刺其與公子頑為淫亂行不如禽鳥

鶉之奔奔鵲之彊彊鶉則奔奔然鵲則彊彊然雙文奔奔彊彊言其居有常匹飛則相隨之貌刺宣姜與頑非匹耦人之無良我

以爲兄 良善也兄謂君之兄箋云人之行無一善者我君反以爲兄君謂惠公

○鵲之彊彊鶉之奔奔人之無良我以爲君 君國小君箋云小君謂宣姜

鶉之奔奔二章章四句

定之方中美衛文公也衛爲狄所滅東徙渡河野處漕邑齊桓公攘戎狄而封之文

公徙居楚丘始建城市而營宮室得其時制百姓說之國殷富焉 春秋曰魯閔公二年冬狄人入衛懿公及狄人戰于熒澤而敗宋桓公迎衛之遺民渡河立戴公以廬於漕戴公立一年而卒魯僖公二年齊桓公城楚丘而封衛於是文公立而建國焉

定之方中作于楚宮 定營室星也方中昏正四方楚宮楚丘之宮也仲梁子曰初立楚宮也 箋云楚宮謂宗廟也定星昏中而正於是時可以營

制宮室故謂之營室定星昏中而正揆之
謂小雪時其體與東壁連正四方

以日作于楚室 揆度也度日出日入以知東西南視定北準極以正南北室猶宮也 箋云楚室居室也君子將營宮室宗廟爲先廐庫爲次居室爲後

樹之榛栗椅桐梓漆爰伐琴瑟 椅梓屬 箋云爰曰也樹此六木於宮者曰其長大可伐以爲琴瑟言豫備也

○升彼虛矣以望楚矣望楚與堂景山與京 虛漕虛也楚丘有堂

能說如字鄭志問曰山川能說何謂也荅曰兩讀或言說說者說其形勢也或曰述〻者述其故事也述讀如遂事不諫之遂誄力水反禱也

邑者、景山、大山、京、高丘也。箋云、自河以東、夾於濟水、文公將徙、登漕之墟以望楚丘、觀其旁邑、及其丘山、審其高下所依倚、乃後建國焉、愼之至也。**降觀于桑。**地勢宜蠶、可以居民。**卜云其吉、終然允臧。**龜曰卜、允信臧善也。建國必卜之、故建邦能命龜、田能施命、作器能銘、使能造命、升高能賦、師旅能誓、山川能說、喪紀能誄、祭祀能語、君子能此九者、可謂有德音、可以爲大夫。○

靈雨旣零、命彼倌人、星言夙駕、說于桑田。

零也。倌人主駕者。箋云、零善也。星雨止星見。夙早也。文公於雨下、命主駕者、雨止、為我晨早駕。欲往為辭說於桑田、教民稼穡、務農急也。**匪直也人**徒庸者**秉心塞淵**秉操也。箋云、塞充實也。淵深也。**騋牝三千**馬七尺以上曰騋。騋馬與牝馬也。箋云、國馬之制、天子十有二閑、馬六種、三千四百五十六匹。邦國六閑、馬四種、千二百九十六匹。衛之先君、兼邶鄘而有之、而馬數過禮制。今文公滅而復興、徙而能富、馬有三千、雖非禮制、國人美之。

祭祀能語者謂於祭祀告鬼神為言說能祀若當盧禱河酧禱祖之類

定之方中三章章七句

蝃蝀止奔也衛文公能以道化其民淫奔之耻國人不齒也不齒者不與相長稚

蝃蝀在東莫之敢指蝃蝀虹也夫婦過禮則虹氣盛君子見戒而懼諱之莫之敢指箋云虹天氣之戒尚無敢指者況淫奔之女誰敢視之乎

女子有行遠父母兄弟箋云行道也婦人生而有適人之道

何憂於不嫁而為淫奔之過乎惡之甚朝隮于西崇朝其

雨隮升崇終也從旦至食時為終朝箋云朝有升氣見於西方終其朝則雨氣應自然以言婦人生而有適人之道亦性自然女子有行遠兄弟

父母乃如之人也懷昏姻也乃如是淫奔之人也箋云懷思也乃如是之人思昏姻之事乎言其淫奔之過惡之大太無信也

不知命也不待命也箋云淫奔之女大無貞絜之信又不知昏姻當待

父母之命

惡之也甚

蝃蝀三章章四句

相鼠刺無禮也衛文公能正其群臣而刺在位承先君之化無禮儀也

相鼠有皮人而無儀相視也無礼儀者雖居尊位猶爲闇昧之行人箋云儀威儀也視鼠有皮雖處高顯之處偷食苟得不知廉恥亦與人無威儀者同

人而無儀不死何爲箋云人以有威儀爲貴今反無耳

之儀范敗俗不如其死無所害也○相鼠有齒人而無止止所止息箋云止容止孝經曰容止可觀人而無止不死何俟俟待也○相鼠有體體支體也人而無禮人而無禮胡不遄死遄速也

相鼠三章章四句

干旄美好善也衛文公臣子多好善賢者

樂告以善道也　賢者時屢士也

孑孑干旄在浚之郊　孑孑干旄之貌、注旄於干首、大夫之旃也、旃之状又通帛為旃

浚衛邑、古者臣有大功、世其官邑、郊外曰野　箋云周禮孤卿建旃、大夫建物、首皆注旄焉、時有建此旄來至浚之郊、卿大夫好善也

素絲紕之良馬四之　紕毛笄至文

紕所以織組也、總紕於此、成文於彼、願以素絲紕組之法御四馬也、箋云素絲者以為縷、以縫紕旌旗之旒縿、或以維持之、浚郊之賢者、既識卿大夫建旄

而來。又識其乘善馬。來四之者。四見之數也彼姝者子。何以畀之紕順貌。畀予也。箋云。時賢者既說此卿大夫有忠順之德。又欲以善道與之心誠愛厚之至是○孑孑干旟。在浚之都鳥隼曰旟。下邑曰都。箋云。周礼州里建旟。謂州長之屬素絲組之。良馬五之總以素絲而成組也。驂馬五轡。箋云。以素絲縷縫組於旌旗以為之飾。五之者。亦謂五見之也彼姝者子。何以予之○孑孑干旌

在浚之城析羽為旌城都城也素絲祝之良馬六之祝織也四馬六轡箋云祝當作屬屬著也六之者亦謂六見之也彼姝者子何以告之

干旄三章章六句

載馳許穆夫人作也閔其宗國顛覆自傷不能救也衛懿公為狄人所滅國人分散

露於漕邑許穆夫人閔衛之亡傷許之小力不能救思歸唁其兄又義不得故賦是詩也

滅者懿公死也君死於位曰滅露於漕邑者謂戴公也懿公死國人分散宋桓公迎衛之遺民渡河處之於漕邑而立戴公焉戴公與許穆夫人俱公子頑烝於宣姜所生也男子先生曰兄

載馳載驅歸唁衛侯

載辭也弔失國曰唁箋云載之言則也

衛侯戴公也驅馬悠悠言至于漕悠悠遠皃漕衛東邑箋

云夫人願御者驅馬悠悠乎我欲至於漕大夫跋涉我心則憂

草行曰跋水行曰涉者衛大夫來告難於許時箋云跋涉○既不我

嘉不能旋反不能旋反我思也箋云既盡嘉善也言許人盡不善我

欲歸唁兄視爾不臧我思不遠不能遠衛也箋云尒女女女

許人也臧善也視女不施善道救衛○既不我嘉不能旋濟

今ナ〻治心中氣不快ㇾ是愁悶蝕者除ㇾ有功效矣ㇾ形ㇾ似聚ㇾ貝故云貝母陸機疏云蝱今藥草貝母也其葉如栝樓而細小其子在根下如芋子正白四方連累相著有分解是也

濟止 視爾不臧我思不閟 閟閉 ○陟彼阿丘言采其蝱 偏高曰阿丘蝱貝母也升至偏高之丘采其蝱者將以療疾 箋云升丘采貝母猶婦人之適異國欲得力助安宗國也 女子善懷亦各有行 行道也 箋云善猶多也懷思也女子之多思者有道猶升丘采蝱也 許人尤之衆穉且狂 尤過也是乃衆幼穉且狂進取一槩之義 箋云許人許大夫也 ○我行過之者過夫人之欲歸唁其兄

其野芃芃其麥 願行衛之野麥芃芃然方

盛長 箋云麥芃芃者言

未收刈民將困也 控于大邦誰因誰極 控引極至

也 箋云

今衛侯之欲求援引之力助於大國之諸

侯亦誰因乎由誰至乎閔之故欲歸問之

大夫君子無我有尤 箋云君子國中賢者

無我有尤無過我也

百爾所思不如我所之 不如我所思之篤

厚也 箋云尒女

女衆大夫

君子也

載馳五章一章六句二章章四句一

章六句一章八句

鄘國十篇三十章百七十六句

衛淇奥詁訓傳第五　　毛詩國風　鄭氏箋

淇奥美武公之德也有文章又能聽其規

諫以禮自防故能入相于周美而作是詩

也

瞻彼淇奥綠竹猗猗奥也。奥、隈也。綠、王芻也。竹、萹竹也。猗猗、美盛皃。武公質美德盛有康叔之餘烈有匪君子、如切如磋、如琢如磨匪、文章皃。治骨曰切、象曰磋、玉曰琢、石曰磨。道其學而成也。聽其規諫以自脩、如玉石之見琢磨瑟兮僴兮、赫兮咺兮瑟、矜莊皃。僴、寬大也。赫、有明德赫赫然。咺、威儀容止宣著也有匪君子、終不

可諼兮諼忘○瞻彼淇奧綠竹青青青青茂盛
皃也有匪君子充耳琇瑩會弁如星充耳謂之瑱琇
瑩美石也天子玉瑱諸侯以石弁皮弁所
以會髮箋云會謂弁之縫中飾之以玉
皪皪而處狀似星也天子之朝服皮弁以日出視朝瑟兮僩兮赫兮
咺兮有匪君子終不可諼兮○瞻彼淇奧
綠竹如簀簀積也有匪君子如金如錫如圭

如璧　金錫鍊而精、圭璧性有質　箋云、圭璧亦琢磨、四者亦道其學而成也

寬兮綽兮、猗重較兮　寬能容衆、綽緩也、重較卿士之車　箋云、綽兮謂仁於施舍

善戲謔兮、不爲虐兮　寬緩弘大、雖則戲謔不爲虐矣　箋云、君子之德有張有馳、故不常矜莊、而時戲謔

淇奧三章章九句

考槃刺莊公也、不能繼先公之業、使賢者

退而窮處 窮終也

考槃在澗碩人之寬 考成槃樂 曰澗 箋云碩人也有窮處之成樂在於此澗者形皃大人而寬然有虛乏之色也

獨寐寤言永矢弗諼 箋云寤覺永長矢誓諼忘也在澗獨寐覺而獨言長自誓以不忘君之惡志在窮處故云然

○考槃在阿碩人之薖 曲陵曰阿薖寬大皃

獨寐寤歌永矢弗過 箋云薖飢意 [illegible]

者不復入君之朝也

○考槃在陸碩人之軸軸進也箋云軸病也

獨寐寤宿永矢弗告無所告語也箋云不復告君以善道

考槃三章章四句

碩人閔莊姜也莊公惑於嬖妾使驕上僭莊姜賢而不荅終以無子國人閔而憂之

碩人其頎衣錦褧衣頎長皃錦文衣也夫人德盛而尊嫁則錦

邦云蝤蠐在蘘上

衣加褧襜　箋云碩大也言莊姜儀表長
麗佼好頎頎然褧禪也國君夫人衣翟衣
而嫁今衣錦者在塗之所服也　**齊侯之子**
尚之以禪衣為其文之大著
衛侯之妻東宮之妹邢侯之姨譚公維私
東宮齊太子也女子後生曰妹妻之姊妹
曰姨姊妹之夫曰私　箋云陳此者言莊
姜容皃既美　○　**手如柔荑**　如荑之　**膚如凝**
兄弟皆正大　新生
脂　如脂　**領如蝤蠐**　領頸也蝤　**齒如瓠犀**　瓠
之凝　蠐蝎蟲也　犀

螓方頭有文王肅云如蟬而小

盼敖莧反黑色也字林云美目也

本或作祝毛始銳反舍鄭作襚音遂

螓首蛾眉螓首顙廣而方箋云螓謂蜻蜻也巧笑倩兮倩好口輔美目盼兮盼白黑分箋云此章形說碩人之容貌之美所宜親幸○碩人敖敖說于農郊敖敖長貌農郊近郊箋云敖敖猶頎頎也說當作襚禮春秋之襚讀皆宜同衣服曰襚今俗語然此言莊姜始來更正衣服于衛近郊四牡有驕朱幩鑣鑣翟茀以朝驕壯皃幩飾也人君以朱纏鑣扇汗且以為飾鑣鑣盛皃翟翟車也夫人以翟羽飾

鱣鮪
大魚口在頷下長二三丈江南呼黃魚与鯉全異
鮪于軌反似鱣大者名王鮪沈云江淮間曰叔伊洛曰鮪海濱曰鮥

罛馬云大魚網目大豁豁也韓詩流皃說文云㲿流也一呼活反

車茀蔽也。箋云：此又言莊姜自衛近郊，既正衣服，乘是車馬以入君之朝，皆用嫡夫人之正禮。今而不答。

大夫夙退，無使君勞。 大夫未退，君聽朝於路寢，夫人聽內事於正寢，大夫退，然後罷。箋云：莊姜始來時，衛諸大夫朝夕者，皆早退，無使君之勞倦者，以君夫人新為妃耦，宜親親之故也。

河水洋洋，北流活活。 音羊，徐又音祥

施罛濊濊，鱣鮪發發。葭菼揭揭，庶姜孽孽，庶士有朅。 潑達反　補末反，馬云魚著網尾發發然　他覽反，又通敢反　魚竭反，徐五竭反，韓詩作䡾，牛遏反，長皃　欺列反，徐起謁反，韓詩作桀，云健皃也

洋洋，盛大也。活活，流也。罛，魚罟。濊濊，施之水中。鱣鯉

也鮪鮥也衆欲盛貌葭蘆菼薍也揭揭長

也孽孽盛飾庶士齊大夫送女者朅武貌

箋云庶姜謂姪娣此章言齊地廣饒士

女佼好禮儀之備而君何爲不答夫人

碩人四章章七句

氓（亡耕反又莫耕反美白也）刺時也宣公之時禮義消亡淫風大行

男女無別遂相奔誘華落色衰復相棄背

或乃困而自悔喪其妃耦故序其事以風

焉美反正刺淫泆也

氓之蚩蚩抱布貿絲 氓民也蚩蚩敦厚之皃布幣也箋云幣者所以貿買物也季春始蠶孟夏賣絲 匪來貿絲來即我謀 箋云匪非即就也此民非來買絲但來就我欲與我謀為室家也 送子涉淇至于頓丘 丘一成為頓丘 箋云子者男子之通稱言民誘己己乃送之涉淇水至此頓丘定室家之謀且為會期 匪我愆期子無良

媒經過也。箋云：良善也。非我心欲將子過子之期，子無善媒來告期時。

無怒秋以為期將願也。箋云：將，請也。民欲為近期，故語之曰：請子無怒，秋以與子為期。

○乘彼垝垣以望復關垝毀也。復關君子所近也。箋云：前既與民以秋為期，期至，故登毀垣，鄉其所近而望之，猶有廉恥之心，故因復關以託號民云：此時始秋也。

不見復關泣涕漣漣言其有一心乎君子，故能自悔。箋云：用心專者怨必深。

既見復關載

笑載言箋云則笑則言斷之甚者也爾卜爾筮體無咎言

龜曰卜蓍曰筮體兆卦之體箋云爾女
也復關既見此婦人告之曰我卜女筮女
宜為室家矣兆卦之繇無凶
咎之辭言其皆吉又誘定之以爾車來以

我賄遷賄財遷徙也箋云女女復關也
信其卜筮皆吉故為之曰徑以女
車來迎我我以所
有財賄徙就女也○桑之未落其葉沃若

于嗟鳩兮無食桑葚于嗟女兮無與士耽

桑女功之所起沃若猶沃沃然鳩鶻鳩也食桑甚過時則醉而傷其性耽樂也女与士耽則傷礼義箋云桑之未落謂其時仲秋也於是時國之賢者刺此婦人見誘故于嗟而戒之鳩以非時食甚猶女子嫁不以礼耽非礼之樂士之耽兮猶可説也女之耽兮不可説也箋云説解也士有百行可以功過相除至於婦人無外事維以貞信為節○桑之落矣其黄而隕自我徂爾三歳食貧淇水湯湯漸

子廉反漬之湿

車帷裳隕墮也湯湯水盛貌帷裳婦人之車飾也　箋云桑之落矣謂其時季秋也復關以此時車來迎己徂往也我自是往之女家女家乏穀食已三歲貧矣言此者明己之悔不以女今貧故也帷裳童容也我乃渡深水至漸車童容猶冒此難而往又明己專心於女

女也不爽士貳其行爽差也　箋云我心於女故無差貳而復關之行有二意

士也罔極二三其德極中也

○三歲為婦靡室勞矣箋云靡無也無居室

之勞言不以婦事見困苦有舅姑曰婦**夙興夜寐靡有朝矣**箋云無有朝者常早起夜臥非一朝然言已亦不解惰**言既遂矣至于暴矣**箋云言我也遂猶久也我既久矣謂三歲之後見遇浸薄乃至見酷暴也**兄弟不知咥其笑矣**許意反又六然咥咥然笑箋云兄弟在家不知我之見酷暴若其知之則咥咥然笑我**靜言思之躬自悼矣**悼傷也箋云靜安躬身也我安思君子之遇已無終則身自哀傷也○**及爾**

偕老老使我怨箋云及與也我欲與女俱至於老老乎女反薄我使我怨淇則有岸隰則有泮泮坡也箋云泮讀爲畔畔崖也言淇與隰皆有崖岸以自拱持今君子放恣心意曾無所拘制總角之宴宴如字本或作丱者非旦說文作𢘈起根反言笑晏晏信誓旦旦總角結髮也晏晏和柔也信旦猶怛怛然箋云我爲童女未笄結髮宴然之時女與我言笑晏晏然而和柔我其以信相誓旦旦耳言不思其反箋云反復也今老而使我怨曾其悔懼歎誠

不念復其前言反是不思亦已焉哉箋云已焉哉謂此不可奈何死生自是泯之辭也

氓六章章十句

竹竿衛女思歸也適異國而不見答思而能以禮者也

籊籊竹竿以釣于淇興也籊籊長而殺也釣以得魚如婦人待禮以成爲室家豈不爾思遠莫致之箋云我豈不思與君子爲

室家乎君子跡遠
已已無由致此道 ○ 泉源在左淇水在右
泉源小水之源淇水大水也 箋云小水
有流入大水之道猶婦人有嫁於君子之
礼今水相與為左右而 女子有行遠兄弟
已亦以喩已不見答
父母 箋云行道也女子有道當 淇水在右
嫁耳不以不答而違婦礼
泉源在左巧笑之瑳佩玉之儺
瑳巧笑見
儺行有節
度 箋云已雖不見答猶不
忘君子之義其容貌與礼儀也 ○ 淇水滺滺

檜楫松舟 子葉反本亦作檝 古活反又古外反木名

檜楫松舟

淠淠流貌。檜柏柴松身。楫所以櫂舟也。舟楫相配得水而行，男女相配得禮而備。箋云：此傷已今不得夫婦之禮。駕言出遊，以寫我憂。出遊思鄉衛之道。箋云：適異國而不見荅，其除此憂，維有歸耳。

竹竿四章章四句

芄蘭刺惠公也。驕而無禮，大夫刺之。惠公以幼童即位，自謂有才能而驕慢於大臣，但習威儀，不知為政以禮。

許規反　解結之器

芄蘭之支　興也。芄蘭草也。君子之德當柔潤溫良。箋云、芄蘭柔弱恒蔓延於地、有所依緣則起、興者、喻幼稚之君、任用大臣乃能成其政。

童子佩觿　觿所以解結、成人之佩也。人君治成人之事、雖童子猶佩觿、早成其德也。

雖則佩觿能不我知　不自謂無知以驕慢人也。箋云、此幼稚之君、雖佩觿與、其才能實不如我衆臣之所知為也。惠公自謂有才能而驕慢、所以見刺。

容兮遂兮垂帶悸兮　容儀可觀、佩玉遂遂然、垂其紳帶悸悸然

有節度　箋云容刀也遂瑞也言惠公佩

容刀與瑞及垂紳帶三尺則悸悸然行止

有節度然其德不稱服

○芄蘭之葉　箋云葉猶文也　童子佩

韘　韘玦也能射御則佩韘箋云韘之言沓所以彄沓手指　雖則佩韘

能不我甲　甲狎也箋云此君雖佩韘與其才能實不如我衆臣之所狎也

容兮遂兮垂帶悸兮

芄蘭二章章六句

河廣宋襄公母歸于衛思而不止故作是詩也宋桓公夫人衛文公之妹生襄公而出襄公即位夫人思宋義不可往故作詩以自止

誰謂河廣一葦杭之杭渡也箋云誰謂河水廣与一葦加之則可以渡之喩狹也今我之不渡直自不往耳非為其廣誰謂宋遠跂予望之箋云予我也誰謂宋國遠与我跂足則可以望見之亦喩近也今我

刀字書作舠說文作舠並音刀

之不往直以義不往耳非為其遠　○誰謂河廣曾不容刀箋云不容刀亦喻狹小船曰刀誰謂宋遠曾不崇朝箋云崇終也行不終朝亦喻近

河廣二章章四句

伯兮刺時也言君子行役為王前驅過時而不反焉衛宣公之時蔡人衛人陳人從王伐鄭伯也為王前驅久故家

軫本又作軨軫
之忍反

八、思

之

伯兮朅兮，邦之桀兮。伯，州伯也。桀，特立也。箋云：伯，君子字也。桀，英桀，言賢也。

伯也執殳，為王前驅。殳長丈二而無刃。箋云：兵車六等，軫也，戈也，人也，殳也，車戟也，酋矛也，皆以四尺為差也。

○自伯之東，首如飛蓬。婦人夫不在，無容飾。豈無膏沐，誰適為容。適，主也。

○其雨其雨，杲杲出日。杲杲

然日。援出矣。箋云。人言其雨其雨而杲杲然日復出。猶我言伯且來伯且來則復不來。

願言思伯甘心首疾。甘厭也。箋云。願念也。我念思伯心不能已。如人心嗜欲所貪口味不能絕也。我憂思以生首疾。○焉得諼草言樹之背。諼草令人忘憂。背北堂也。箋云。憂以生疾。恐將危身。欲

願言思伯使我心痗。痗病也。

本文作萱

忘之憂

伯兮四章章四句

詩注 問曰比也
狐者妖媚之獸綏綏獨行求匹之貌

有狐刺時也衛之男女失時喪其妃耦焉

喪息浪反下注同

古者國有凶荒則殺禮而多昏會男女之無夫家者所以育人民也 育生長也

有狐綏綏在彼淇梁 興也綏綏匹行貌石絶水曰梁

心之憂矣之子無裳 之子無室家者在下曰裳所以配衣也箋云之子是子也時婦人喪其妃耦寡而憂是子無裳無為作裳者欲與為室家 ○ 有

狐綏綏在彼淇厲厲深可厲之旁心之憂矣之子

無帶帶所以申束衣○有狐綏綏在彼淇側心之

憂矣之子無服言無室家若人無衣服

有狐三章章四句

木瓜美齊桓公也衛國有狄人之敗出處

于漕齊桓公救而封之遺之車馬器服焉

衛人思之、欲厚報之、而作是詩也

投我以木瓜、報之以瓊琚　木瓜楙木也、可食之木。瓊、玉之美者。琚、佩玉名。　匪報也、永以爲好也　箋云、匪非也。我非敢以瓊琚爲報木瓜之惠、欲令齊長以爲玩好、結己國之恩也。〇

投我以木桃、報之以瓊瑤　瓊瑤美玉　匪報也、永以爲好也

〇投我以木李、報之以瓊玖　瓊玖玉名　匪報也

楙木、尔雅、楙木、郭注曰、實如小瓜、酢可食

永以爲好也孔子曰吾於木瓜見苞苴之禮行箋云以果實相遺者必苞苴之尚書曰厥包橘柚

木瓜三章章四句

衛國十篇三十四章二百三句張子曰衛國地濱大河其地土薄故其人氣輕浮其地平下故其人質柔弱其地肥饒不費耕耨故其人心怠惰其人情性如此則其聲音亦淫靡故聞其樂使人懈慢而有邪僻之心也鄭詩放此

毛詩卷第三 經二千四百二十字 注五千二百十二字

雙鉤

王周者周室東都王城畿内之地在豫州今之洛陽是也幽王滅平王東遷政遂微弱詩不能復雅下列於風
以王當國猶春秋稱王人

毛詩卷第四

島田翰彦楨審定旧刊覆宋麻沙本　明治己亥　翰年廿一

王黍離詁訓傳第六

毛詩國風　鄭氏箋

黍離閔宗周也周大夫行役至于宗周過故宗廟宮室盡為禾黍閔周室之顛覆彷徨不忍去而作是詩也　宗周鎬京也。謂之西周。周王城也。謂之

之東周迷亡之乱而宗周滅平王東遷政
遂微弱下列於諸侯其詩不能復雅而
同於國
風焉

（一）彼黍離離彼稷之苗彼彼宗廟宮室。箋云。宗廟。宮室。毀壞而其地。盡為禾黍。我。以黍離離時至稷則尚。苗。行邁靡靡中心搖搖。搖邁行也。靡靡猶遲遲也。搖搖深憂無所愬也。箋云。行道也。道行猶行道也。知我者謂我心憂箋云。知我者知我之情不知我者謂我何求箋云。謂我何求。怪我久留不去。悠悠蒼天。此何人哉悠悠。遠貌也。蒼天。以體言之。尊而君之。則稱皇天。元氣廣大。則稱昊天。仁覆閔下。則稱旻天。自上降監。則稱上天。據遠視之。蒼蒼然。則稱蒼天。箋云。遠乎蒼天。仰愬欲其察已言也。此亡國之君。何等人哉。疾之甚也。○彼黍離離。彼稷之穗。穗。秀也。詩人自黍離離見稷之穗。故歷道其所更見。行邁靡靡。中心如醉。醉於憂也。知我者謂我心憂。不知

我者謂我何求悠悠蒼天此何人哉○彼
黍離離彼稷之實自黍離離見稷之實行邁靡靡中
心如噎噎憂不能息也知我者謂我心憂不知我
者謂我何求悠悠蒼天此何人哉

每卷首捺先大夫及太夫人圖章者記不忘其本也 翰敬識

黍離三章章十句

君子于役刺平王也君子行役無期度大

夫思其危難乃旦反注下同以風福鳳反焉也 于往

君子于役不知其期曷寒末反至哉 箋云曷何也君子往行役我不知其反期何時當來至哉思之甚

雞在各反六西棲于塒日之夕矣羊牛下來 鑿牆而棲曰塒箋云雞之將棲日則夕矣牛羊從下牧地而來言畜産出入尚使有期節至於行役者乃反不來也

君子于役如之何勿思 箋云行役多危難我誠思之

○君子于役不日不

月曷其有佸 佸會也。箋云。行役反無日月。何時可待而有來會期 雞

棲于桀日之夕矣羊牛下括 雞棲于杙爲桀。括至也

君子于役苟無飢渇 箋云。苟且也。且得無飢渇。憂其飢渇也

君子于役二章章八句

君子陽陽閔周也。君子遭亂世相招爲祿

仕全身遠害而已 祿仕者。苟得祿而已。不求道行

○君子陽陽，左執簧，右招我由房。陽陽，無所用其心也。簧，笙也。由，用也。國君有房中之樂。箋云：由，從也。君子祿仕在樂官，左手持笙，右手招我，欲使我從之於房中，俱在樂官也。我者，君子之友自謂也。時在位有官職也。

其樂只且。箋云：是子遭亂，道不行，其且樂此而已。

○君子陶陶，左執翿，右招我由敖。陶陶，和樂皃。翿，纛也。翳也。箋云：陶陶，猶陽陽也。翳，舞者所持，所謂羽舞也。君子左手持羽，右手招我，欲使我從之於燕舞本又作宴，於見反

之位亦俱

在樂官也

其樂只且

君子陽陽二章章四句

揚之水刺平王也。不撫其民而遠屯戍于

激揚也或楊本之字非

母家周人怨思焉

怨平王恩澤不行於下

民而久令屯戍不得歸

思其鄉里之處者也。言周人者時諸侯亦

有使人戍焉。平王母家申國在陳鄭之南

迫近彊楚王室微弱而

數見侵伐王是以戍之

○揚之水。不流束薪 興也。揚激揚也。箋云

激揚之水。至湍迅。而不能流移束薪。興者。喩平王政教

煩急而恩澤之令。不行於下民也 彼其之

子不與我戍申 戍守也。申姜姓之國。平王

之舅。箋云。之子是子也。彼

其。是子。獨處鄉里。不與我。來守申。是思

之記也。其或作記。或作已。讀聲相似 懷

哉懷哉。曷月予還歸哉 箋云。懷安也。思鄉

里處者。故曰。今亦

安哉。安哉。何月我得還

歸見之哉。思之甚也 ○揚之水。不流束

詩內皆放此 其音記 或作已 亦同也

楚 楚木也

彼其之子不與我戍甫 甫諸姜子 懷哉

懷哉曷月予還歸哉○揚之水不流束蒲

蒲草名也。箋 彼其之子不與我戍許 許諸姜也

云蒲蒲柳也

懷哉懷哉曷月予還歸哉

揚之水三章章六句

中谷有蓷 吐雷反 閔周也。夫婦日以衰薄凶年饑

許或誶

饉室家相棄爾

〇中谷有蓷，暵其乾矣。興也。蓷，鵻也。暵，菸貌。陸草生於谷中，傷於水。箋云：興者，喻人君平安之世，猶鵻之生於陸，自然也。遇衰亂凶年，猶鵻之生谷中，得水則病將死之也。

徐音漢┃水濡而乾也，呼但反

有女仳離，嘅其嘆矣。仳，別。箋云：有女遇凶年而見棄，與其君子別離。嘅然而嘆，傷己見棄其恩薄之也。

苦愛反

吐丹反，本又作歎

嘅其嘆矣，遇人之艱難矣。艱亦難也。箋云：所以嘅然而嘆者，自傷遇

仳，匹指反

於，於如反

君子之窮　○中谷有蓷，暵其脩矣。脩且乾也。有
底已也
女仳離，條其歗矣。條條然歗也。本又作嘯。條其歗矣，遇人
之不淑矣。箋云：淑，善也。君子於己不善也。○中谷有蓷，暵
其濕矣。箋云：鵻遇水則濕。雖之傷於水，始則濕，中而脩，久而乾也。有似君子於
己之恩薄，從用凶年
深淺為薄厚耳也。有女仳離，啜其泣矣。張劣反
啜泣　啜其泣矣，何嗟及矣。箋云：及，与也。泣者，傷其君子棄
己

張羅本以取兎今兎狡
得脫而雉以耿介反
離于羅以比小人致乱
而以巧計幸免君子無

已。嗟乎。將復何與為室家

乎。此其有餘厚於君子也

中谷有蓷三章章六句

兎爰閔周也。桓王失信諸侯背叛構怨連

禍王師傷敗君子不樂其生焉　不樂其生者。寐不欲

寤之覺

謂也

有兎爰爰。雉離于羅。興也。爰爰緩意。鳥

網為羅。言為政有

言辛而以忠直受禍也
爲此詩者蓋

緩有急。用心。之下詩。箋云。有緩者我生之
有所躁縱也。有急者有所躁蹙也
初尚無為尚無成人爲也。箋云。尚庶幾也。言我幼稚之時庶幾於無所爲
謂軍役之事也我生之後逢此百罹尚寐無吪
吪動也。箋云。我長大之後乃遇此軍役之事多憂。今但庶幾於寐不欲見動無所樂
生之甚也○有兔爰爰雉離于罦罦覆車也我生之
初尚無造造爲也我生之後逢此百憂尚寐

罹本亦離
力知切

無覺〇有兔爰爰。雉離于罿。罿罬也我生之初尚無庸。庸用也。箋云庸勞也我生之後逢此百凶。尚寐無聰。聰聞也。箋云百凶者。王構怨連禍之凶也

兔爰三章章七句

葛藟王族刺平王也。周室道衰棄其九族焉九族者。據已上至高祖。下及玄孫之親也

○緜緜葛藟。在河之滸。興也。緜緜長不絶之貌也。水厓曰滸。箋云。葛也。藟也。生於河之厓。得其潤澤以長大。而不絶。興者。喻王之同姓得王之恩施以生長其子孫也。終遠兄弟。謂他人父。兄弟之道。已相遠矣。箋云。兄弟猶言族親也。王。寡於恩施。今已遠棄族親矣。是我謂他人爲己父。旅人彌親親之辭也。謂他人父。亦莫我顧。箋云。謂他人爲己父。無恩施於我。亦無顧眷我之意也。○緜緜葛藟。在河之涘。涘厓

陳

也

終遠兄弟。謂他人母。王又無母恩也 謂他人母。

亦莫我有。箋云有識有也 ○緜緜葛藟。在河之漘。順春反

漘水隒也 終遠兄弟。謂他人昆。昆兄也 謂他人昆。

亦莫我聞。箋云不與我相聞命也

葛藟三章章六句

采葛懼讒也 桓王之時政事不明。臣無大小。使出者則為讒人。所毀。故

懼之
○彼采葛兮。一日不見。如三月兮興也。葛所以爲
絺綌也。事雖小。一日不見於君。憂懼於讒
矣。箋云。興者。以采葛喻臣以小事使出者也
○彼采蕭兮。一日不見。如三秋兮蕭所以共祭祀。
箋云。彼采蕭者喻○彼采艾兮。一日不見
臣以大事使出
如三歲兮艾所以療疾。箋云。彼采
艾者。喻臣以急事使出

采葛三章章三句

大車刺周大夫也。禮義陵遲男女淫奔。故陳古以刺今大夫不能聽男女之訟焉

○大車檻檻毳衣如菼 大車大夫之車。檻檻車行聲也。毳衣大夫之服。菼鵻也。蘆之初生者也。天子大夫四命。其出封五命。如子男之服。乘其大車檻檻然服毳冕以決訟。箋云菼薍也。古者天子大夫服毳冕以巡行邦國而決

男女之訟。則是子男入爲大夫者。毳衣之
屬。衣繢而裳繡。皆有五色焉。其青者如䒝
也
豈不爾思。畏子不敢。畏子大夫之政。終
不敢。箋云。此二句
者古之欲淫奔者之辭。我豈不思與女以爲
無禮與。畏子大夫來聽訟。將罪我。故不
敢也。子者稱
所尊敬之辭。○
大車啍啍。毳衣如璊。啍啍重遲
之皃。璊赬也
也。毳輕
豈不爾思。畏子不奔。○穀則異
穀生。曒
室。死則同穴。謂予不信。有如皦日。白也。生

在於室則外內異死則神合同爲一也。箋
云。穴謂冢壙中也。此章言古之大夫聽訟
之政。非但不敢淫奔。乃使夫婦之禮有别。
今之大夫不能然。反謂我言不信我言之
信如白日也。刺
其闇於古禮也

大車三章章四句

丘中有麻思賢也。莊王不明賢人放逐。國
人思之。而作是詩也 思之者思其
來已得見之

丘中有麻。彼留子嗟。留大夫氏。子嗟字
也。丘中墝埆之處。
盡有麻麥草木。乃彼子嗟之所治。箋云。子
嗟放逐於朝去治卑賤之職而有功。所在
則治理所以爲賢也　彼留子嗟。將其來施施。施施難
進之意。
也。箋云。施施舒行伺閒獨來見己之貌也　○丘中有麥。彼留子
國。子國子嗟父。箋云。言子國
彼丘中有麥者其世賢也　彼留子國。將
子國復來我乃得食。箋云。言其
其來食。將來食。廢其親已。已得厚待之　○

丘中有李彼留之子 箋云。丘中而有李。又留氏之子所治也

彼留之子貽我佩玖 玖石次玉者。言能遺我美寶。箋云。留氏之子於思者則朋友之子。庶其敬已而遺已也

丘中有麻三章章四句

王國十篇二十八章百六十二句

鄭緇衣詁訓傳第七

毛詩國風　鄭氏箋

緇衣美武公之德也父子竝為周司徒善於其職國人宜之故美其德以明有國善善之功焉　父謂武公父。桓公也。司徒之職。掌十二教。善善者治之有功也。鄭國之人。皆謂桓公。武公。居司徒之官正得其宜也

○緇衣之宜兮敝予又改為兮　緇黑色。卿士聽朝之

十二教一曰以祀礼教敬則民不苟　祀教敬則謂祭祀之礼教之恭敬則民不苟且　二曰以陽礼教讓則民不爭　陽礼謂鄉射飲酒之礼教之謙讓則民不爭鬪　三曰以陰礼教親則民不怨　陰礼謂男女婚姻之礼教之相親則民不怨曠　四曰以樂教和則民不乖　樂謂五声八音樂教之和睦則民不乖戾　五曰以儀辨等則民不越　儀謂君南面臣北面父坐子伏之属辨等級則民不踰越　六曰以俗教安則民不偷　俗謂土地所生習教之安存則民不偷惰　七曰以刑教中則民不暴　刑謂刑罰教之中正則民不残暴　八曰以誓教恤則民不怠　誓謂戒勑教之相憂恤則民不懈怠　九曰以度教節則民知足　度謂宮室車服之制教之節制則民知止足　十曰以世事教能則民不失職　十一曰以賢制爵則民慎德　以賢之大小制其爵

餐

正服也。改更也。有德君子。宜世居卿士之位焉。箋云。緇衣者。居私朝之服也。天子之朝朝服皮弁服也

適子之館兮還予授子之粲兮

適之館舍粲餐也。諸侯入為天子卿士受采祿。箋云。卿士所之之館在天子之宮。如今之諸廬也。自館還在采地之都我則設粲以授之。愛之欲飲食之也

緇衣之好兮敝予又改造兮

好猶宜也。箋云。造為也

適子之館兮還予授子之粲兮

緇衣之蓆

兮敝予又改作兮蓆大也箋云作為也適子之館兮

還予授子之粲兮

緇衣三章章四句

將仲子刺莊公也不勝其母以害其弟弟

叔失道而公弗制祭仲驟諫而公弗聽小

不忍以致大亂焉莊公之母謂武姜生莊公及弟叔段叔段好勇

而無礼。公不恥為
之所而使驕慢也
○將仲子兮無踰我里無折我樹杞將請也。仲
子祭仲也。踰越。里居也。二十五家為里。杞
木名也。折言傷害也。箋云。祭仲驟諫莊公。
不能用其言。故言。請固拒之。無踰我里。喻
言無干我親戚也。無折我樹杞。喻言無傷
害我兄弟也。仲初諫曰。君將與之
臣請事之。君若不與。臣請除之豈敢愛
之畏我父母箋云。與。將為害。我豈敢愛之
而不誅與。少父母之故。故不

仲可懷也父母之言亦可畏也箋云懷私曰懷

言仲子之言可私懷也我迫於父母有言不得從也○將仲子兮無

踰我牆無折我樹桑牆垣也○桑木之衆者也豈敢愛

之畏我諸兄諸兄公族仲可懷也諸兄之言亦

可畏也○將仲子兮無踰我園無折我樹檀

園所以樹木也○檀彊韌之木豈敢愛之畏人多言仲可

猿也。人之多言。亦可畏也。

將仲子三章。章八句。

叔于田。刺莊公也。叔處于京。繕甲治兵。以出于田。國人說而歸之。繕之言善也。甲，鎧也。

叔于田。巷無居人。叔，大叔段也。田，取禽也。巷，里塗也。箋云：叔往田。豈無居人。不如叔也。洵美別称服中乘馬但見驂用之義故云服馬猶乘馬狹轅兩馬謂之服馬何知此非夾轅之馬而言猶乘馬者以上章言無居人無飲酒非是人實無此不直獨言無馬知正謂叔既往田巷無乘馬人耳

且仁。箋云。洵，信也。言叔信美好而又仁也。○叔于狩，巷無飲酒。冬獵曰狩。箋云。飲酒謂燕飲也。豈無飲酒，不如叔也。洵美且好。○叔適野，巷無服馬。箋云。適，之也。郊外曰野。服馬猶乘馬也。豈無服馬，不如叔也。洵美且武。箋云。武，有武節。

叔于田三章，章五句。

大叔于田，刺莊公也。叔多才而好勇，不義

而得衆也

○大叔于田，乘乘馬。叔之從公田也。執轡如組，兩驂如舞。驂之與服和諧中節。箋云：如組者，如織組之爲也。在旁曰驂也。叔在藪，火烈具舉。藪，澤禽之府也。烈，列。具，俱也。箋云：列人持火俱舉，言衆同心。襢裼暴虎，獻于公所。襢裼，肉袒也。暴虎，空手以搏虎之。箋云：獻于公所，進於君也。將叔無狃，戒其傷女。狃，習也。箋玄。狃復也。請叔。且無復者愛也。◯叔于田。乘乘黄。四馬皆黄。兩服上襄。兩驂雁行。箋云。兩服中央夾轅者。襄駕也。上駕者。言為眾馬之最良也。鴈行者。言與中服相次序。叔在藪。火烈具揚。揚舉光也。叔善射忌。又良御忌。忌辭也。箋云。良亦善也。忌讀如彼已之子之已。抑磬控忌。抑縱送忌。騁馬曰磬。止馬曰控。發矢曰縱。從禽曰送。◯叔于田。乘乘鴇。驪白雜毛曰鴇。兩服齊首。

馬首齊也　兩驂如手　進止而如御者之手。箋云。如人左右手之相佐助也

叔在藪。火烈具阜　阜盛也　叔馬慢忌。叔發罕忌　慢遲。罕希也。箋云。田事且畢。則其馬行遲。發矢希

抑釋掤忌。抑鬯弓忌　掤所以覆矢。鬯弓弢弓。箋云。射者蓋矢弢弓。言田事畢也

大叔于田三章章十句

清人刺文公也。高克好利而不顧其君。文

公惡而散遠之不能使高克將兵而禦狄于竟陳其師旅翺翔河上久而不召衆散而歸高克奔陳公子素惡高克進之不以禮文公退之不以道危國亡師之本故作是詩也好利不顧其君注心於利也。禦狄于竟時狄侵衛也

進之當作之進今文誤也

○清人在彭駟介旁旁清鄭邑也。彭衛之河上。地。鄭之郊也

謂刺矛頭為荷葉相重累也
謂兩矛之飾相負荷也
方言云劒削自河而北燕趙之間謂之室
此言室謂矛頭受刃處也
削音笑

介甲也。箋云。清者高克所
師衆之邑也。駟四馬也　二矛重英河上
乎翱翔　重英矛有英飾也。箋云。二
矛酋矛。夷矛也。各有畫飾　○　清人
在消駟介麃麃　消河上地也。
麃麃武皃　二矛重喬河
上乎逍遙　重喬累荷也。箋云。喬矛矜
近上及室題所以縣毛羽　○　清
人在軸駟介陶陶　軸河上地也。陶
陶驅馳之皃也　左旋右
抽中軍作好　左旋講兵右抽抽矢以射居
軍中為容好。箋云。左左人。謂

毛音橋鄭雉名
居橋反

御者。右車右也。中軍謂將也。高克之為將。久。不得歸。日。使其御者習旋車。車右抽刃。作居中央。為軍之容好而已矣。兵車之法。將居鼓下。故御者在左。

清人三章章四句

羔裘刺朝也。言古之君子以風其朝焉 言猶道也。鄭自莊公而賢者陵遲。朝無忠正之臣。故刺之。

羔裘如濡。洵直且侯。徐音荀又句 如濡潤澤也。洵均。侯君也。箋云。緇衣羔裘諸侯之朝服也。言古朝廷之臣。皆忠直且君也。君者。言正其衣冠。尊其瞻視儼然人望而畏之 彼其之子。舍命不渝 渝變也。箋云。舍猶處也。之子是子也。是子。處命不變。謂守死善道見危授命之等 ○羔裘豹飾。孔武有力 豹飾緣以豹皮也。孔甚也 彼其之子。邦之司直 司主也 ○羔裘晏兮。三英粲兮 晏鮮盛貌。三英三德也。箋云三德剛克。柔克。正直 彼其之子。邦之彥兮 彥士之美稱也。粲衆意

羔裘三章章四句

遵大路思君子也莊公失道君子去之國人思望焉

遵大路兮摻執子之袪兮 遵循路道摻擥袪袂也箋云思望君子於大道中見之則欲擥持其袂而留之 無我惡兮不寁故也 寁速也箋云子無惡我擥持子之袂我乃以莊公不速於先君之故道使

我然

○遵大路兮摻執子之手兮 箋云言執手者思望之甚

無我魗兮不寁好也 魗棄也。箋云魗亦惡也。好猶善也。子無惡我。我乃以莊公不速於善道使我然

遵大路二章章四句

女曰雞鳴刺不說德也。陳古義以刺今夫不說德而好色也 德謂士大夫賓客有德者

女曰雞鳴士曰昧旦箋云此夫婦相警覺以夙興言不留色也子興視夜明星有爛言小星已不見也箋云明星尚爛爛然早於別色時將翺將翔弋鳧與鴈翺翔習射閒於政事則箋云弋繳射也言無事則往（音灼本又作繳）弋射鳧鴈以待賓客為燕具○弋言加之與子宜之宜肴也箋云言我也子謂賓客也所弋之鳧鴈我以為加豆之實與君（殽音又又本亦作肴）宜言飲酒與子偕老箋云宜乎子共肴也我燕樂賓

之或作子

客而飲酒與之俱至老親愛之辭也琴瑟在御莫不靜好君子無故不徹琴瑟賓主和樂無不安好○知子之來之雜佩以贈之雜佩者珩璜琚瑀衝牙之類箋云贈送也我若知子之必來我則豫儲雜佩去則以送子也與異國賓客燕時雖無此物猶言之以致其厚意其若有之固將行之士大夫以君命出使主國之臣必以燕禮樂之助君之歡知子之順之雜佩以問之問遺也箋云順謂與已和順者知

也

左傳桓公六年齊侯欲以文姜妻鄭太子忽〻〻辭人問其故太子曰人各有耦齊大非吾耦詩云自求多福在我而已大国何爲

子之好之雜佩以報之 箋云好謂與已同好

女曰雞鳴三章章六句

有女同車刺忽也。鄭人刺忽之不昏于齊太子忽嘗有功于齊齊侯請妻之齊女賢而不取卒以無大國之助至於見逐故國人刺之 忽鄭莊公世子。祭仲逐之而立突有女同車。顏如舜華。親迎同車也。舜木槿也。箋云。鄭人。刺忽不取齊女。親迎與之同車。故稱同車之禮。齊女之美。將翱將翔。佩玉瓊琚。佩有琚玖。所以納閒。彼美孟姜。洵美且都。孟姜齊長女。都閑也。箋云。洵信也。言孟姜。信美好而且。閑習婦禮。○有女同行。顏如舜英。行道也。英猶華也。箋云。女。始乘車。婿。御輪三周。御者代婿。將翱將翔。佩玉將將。將將鳴玉而後行。彼美孟姜

德音不忘 箋云不忘者後世傳誦其德也

有女同車二章章六句

山有扶蘇刺忽也所美非美然 言忽所美之人實非美人

山有扶蘇隰有荷華 扶蘇扶胥小木也荷華扶渠也其華菡萏言高下大小各得其宜也 箋云興者扶胥之木生于山喻忽置不正之人于

上位也。荷華生于隰。喻忽置有美德者。不

于下位。此言其用臣顛倒。失其所也

見子都。乃見狂且。

子都世之美好者也。狂醜人也。且辭也。箋云。人之好美色。不往覩子都。乃反往覩狂醜之人。以興忽好善不任用賢者。反任用小人。其意同

○**山有喬松。隰有游龍。**

松木也。游龍紅草也

箋云。游龍猶放縱也。喬松在山上。喻忽無恩澤於大臣也。紅草放縱枝葉於隰中。喻忽聽恣小臣。此又言養臣顛倒。失其所也

不見子充。乃見狡

童子充良人也。狡童昭公也　箋云。人之好忠良不往覲子充乃反往覲狡童狡童有見而無實

山有扶蘇二章章四句

蘀兮刺忽也。君弱臣強不倡而和也　不倡而和君臣各失其禮不相倡和

蘀兮蘀兮。風其吹女　與也。蘀槁也。人臣待君倡而後和　箋云。

槁謂木葉也。木葉槁待風乃落。興者風喻號令也。喻君有政教。臣乃行之。言此者。刺今不然

叔兮伯兮。倡予和汝 叔伯言群臣長幼也。君倡臣和也。箋云。叔伯群臣相謂也。群臣無其君而行。自以強弱相服。女倡矣。我則將和之。言此者。刺其自專也。叔伯兄弟之稱

○蘀兮蘀兮。風其漂汝 漂猶吹也

叔兮伯兮。倡予要汝 要成也

蘀兮二章章四句

狡童刺忽也。不能與賢人圖事，權臣擅命也。
權臣擅命，祭仲專也。
彼狡童兮，不與我言兮。
昭公有壯狡之志。箋云不与我言者，賢者欲与忽圖國之政事，而忽不能受之，故云然。
維子之故，使我不能餐兮。
憂懼不遑餐也。
○彼狡童兮，不與我食兮。
不与賢人共食祿。
維子之故，使我不能息兮。
憂懼不

能息也 遑

也

狡童二章章四句

褰裳思見正也。狂童恣行，國人思大國之起連反正已也。本或作騫非

狂童恣行，謂突與忽爭國，更出更入，而無大國正之。

子惠思我，褰裳涉溱。惠，愛也。溱，水名也。箋云：子者，斥大國之正卿也。子若愛而思我，我國有突篡國之事，而可往正之，我則揭衣渡溱水往告

難也

子不我思豈無他人箋云言無他人者先鄉齊晉宋衛後之荊楚

狂童之狂也且狂行童昏所化也箋云狂童之人日為狂行故使我言此也

○子惠思我褰裳涉溱溱水名也

子不我思豈無他士士事也箋云他士猶他人也大國之上卿當天子之上士

狂童之狂也且

褰裳二章章五句

丰刺亂也。昏姻之道缺，陽倡而陰不和，男行而女不隨。昏姻之道，謂嫁娶之禮。

子之丰兮，俟我乎巷兮。丰，豐滿也。巷，門外也。箋云：子謂親迎者。我，我將嫁者。有親迎我者，面貌丰丰然豐滿，善人也，出門而待我於巷中。

悔予弗送兮。時有違而不至者。箋云：悔予我不送是子而去也。時不送，則為異人之色，後不得耦而思之。○

子之昌兮，俟我乎堂兮。

毛如字，鄭改作根，直庚反。

昌盛壯貌　箋云。堂當爲棖。棖棖門梱上木近邊者

悔予弗將兮

將行也　箋云。將亦送也

○衣。錦褧衣。裳錦褧裳

衣錦褧裳。嫁者之服　箋云。褧禪也。蓋。以禪縠爲之中衣裳。用錦而上加禪縠焉。爲其文之大著也

庶人之妻嫁服也。士妻緇衣。纁袡之也

叔兮伯兮駕予與行

叔伯迎己者　箋云。言此者。以前之悔今則。叔也。伯也。來迎己者從之。志。又。易也

○裳錦褧裳。衣錦褧衣。叔兮伯兮駕予與

歸

丰四章二章章三句二章章四句

東門之墠刺亂也男女有不待禮而相奔者也 此序旧無注崔集注本有注云 時亂故不得待備禮而行也

東門之墠茹藘在阪 東門城東門也墠除地町町者茹藘茅蒐也男女之際近而易則如東門之墠遠而難則如茹藘在阪 箋云城東門之外有墠墠邊有阪茅蒐生焉茅蒐之為難淺之矣易越而出此女欲奔男之辭 其室

則邇其人甚遠 邇近也。得禮則近。不得禮則遠 箋云。其室則近。謂所歆奔男之家望其來迎己。而不來。則為遠 ○東門之栗有踐家室 栗行上栗也。踐淺也 箋云。而在淺家室之內言易竊取栗人之所啗食而甘嗜故女以自喻也 豈不爾思子不我即 即就也。箋云。我豈不思望女乎。女不就迎我而俱去耳

東門之墠二章章四句

風雨思君子也。亂世則思君子不改其度焉

風雨淒淒雞鳴喈喈 興也。風且雨淒淒然。雞猶守時而鳴喈喈然。箋云。興者。喻君子雖居亂世不改變其節度。既見君子云胡不夷 胡何夷說也。箋云。思而見之云何而心不說。○風雨瀟瀟雞鳴膠膠 瀟瀟暴疾也。膠膠猶喈喈也。既見君子云胡

不瘳瘳愈也

○風雨如晦雞鳴不已晦昏也。箋云

已止也。雞不為如晦而止不鳴

既見君子云胡不喜

風雨三章章四句

子衿刺學校廢也。亂世則學校不脩焉鄭國

謂學為校言可

以校正道藝

青青子衿悠悠我心青衿青領也。學子之所服 箋云。學子而

俱在學校之中。已留彼去，或隨而思之爾。礼：父母在，衣純以青。縱我不往，

子寧不嗣音。嗣，習也。古者教以詩樂，誦之歌之，絃之舞之。箋云：嗣，續也。女曾不傳聲問我，以恩責其忘己。

○青青子佩，悠悠我思。佩，佩玉也。士佩瓀珉而青組綬。縱我不往，子寧不來。不來，不來者，言不一來也。

○桃兮達兮，在城闕兮。桃達，往來相見貌。乘城而見闕。箋云：國亂，人廢學業，但好登高見於城闕，以候望為樂。一日不見，

如三月兮言礼樂不可一日而廢箋云君子之學以文會友以友輔仁獨學而無友則孤陋而寡聞故思之甚

子衿三章章四句

揚之水閔無臣也君子閔忽之無忠臣良士終以死亡而作是詩也

揚之水不流束楚揚激揚也激揚之水可謂不能流漂束楚乎

箋云激揚之水喩忽政教亂促不流東薪言其政不行於臣下終鮮兄弟。維予與汝箋云鮮寡也忽兄弟爭國親戚相疑後竟寡於兄弟之恩謂我與汝。有耳作此詩者同姓臣也無信人之言。人實廷女臣誑也

○揚之水不流束薪終鮮兄弟維予二人二人同心也箋云二人者我身與女忽無信人之言人實不信

揚之水二章章六句

出其東門閔亂也。公子五爭兵革不息男女相棄民人思保其室家焉公子五爭者謂子突再也忽子亹子儀各一也

出其東門有女如雲如雲衆多也箋云有女謂諸見棄者也如雲者如雲從風東西南北心無有定雖則如雲匪我思存思不存乎相救急箋云匪非也此如雲者皆非我思所存也縞衣綦巾

孫炎云積土如水渚
所以望氣祥

聊樂我員 縞衣白色。男服也。綦巾蒼艾色女服也。願室家得相樂也。箋云。縞衣綦巾所爲作者之妻服也。時亦棄之迫兵革之難不能相畜心不忍絕。故言且留樂我員此思保其室家窮困不得有其妻而以衣巾言之。思不忍斥之。綦文也

出其闉闍有女如荼 闉曲城也。闍城臺也。荼茅秀也。言皆喪服也。箋云。闍讀當如彼都人士之都。謂國外曲城之中市里也。荼茅秀物之輕者飛行無常

雖則如荼匪我思且 箋云。匪我思且猶非我思

存也縞衣茹藘聊可與娛茹藘茅蒐之染女服也娛樂也○箋云○茅蒐茅蒐染巾也聊可與娛且可留與我為樂心欲留之言也

出其東門二章章六句

野有蔓草思遇時也君之澤不下流民窮於兵革男女失時思不期而會焉不期而會謂不相與期而自俱會

野有蔓草。零露漙兮興也。野四郊之外。蔓延也。漙漙然盛多也。箋云。零落也。蔓草而有露。謂仲春之時。草始生霜為露也。周礼仲春之月。令會男女之無夫家者。有美一人。清揚婉兮。邂逅相遇。適我願兮清揚眉目之間。婉然美也。邂逅不期而會。適其時願。○野有蔓草。零露瀼瀼瀼瀼盛貌有美一人。婉如清揚。邂逅相遇。與子偕臧臧善也

野有蔓草二章章六句

溱洧（側巾反）刺亂（于軌反）也兵革不息男女相棄淫風大行莫之能救焉 教猶止也。乱者。士與女。合會溱洧之上。

溱與洧方渙渙（呼亂反）兮 溱洧鄭兩水名渙渙春水盛也 箋云。仲春之時。冰。始釋水。則。渙渙然

維士與女方秉蕑（古顏反）兮 蕑蘭也。箋云。男女相棄各。無匹耦。感春氣並出託采芬香之草而為淫泆之行

女曰觀

韓詩云蘺草也
言將離別贈此草也

乎。士曰既且 箋云。女曰觀乎。欲與士觀於寬閒之処。既已也。士曰已觀矣。未從之也 且往觀乎洧之外。洵訏且樂 訏大也 箋云。洵信也。女情急。故勸男使往觀於洧之外。言其土地信寬大又樂也。於是男則往也 維士與女。伊其相謔。贈之以勺藥 勺藥香草 箋云。伊因也。士與女往觀。因相與戲謔。行夫婦之事。其別則送女以勺藥。結恩情也

○溱與洧。瀏其清矣 瀏深皃也 維士與女。殷其

盈矣殷衆也　女曰觀乎士曰既且往觀乎洧

之外洵訏且樂維士與女伊其將謔贈之

以勺藥箋云將大也

溱洧二章章十二句

鄭國二十一篇五十三章二百八十三句

毛詩卷第四

箋六節

旦

毛詩卷第五

齊雞鳴詁訓傳第八　毛詩國風　鄭氏箋

雞鳴思賢妃也哀公荒淫怠慢故陳賢妃貞女夙夜警戒相成之道焉

雞既鳴矣朝既盈矣雞鳴而夫人作朝盈而君作箋云雞鳴朝

盈夫人也。君也。可以起之常禮。**匪雞則鳴。蒼蠅之聲。**蒼蠅之聲。有僾遠雞之鳴。箋云。夫人。蒼蠅聲爲雞鳴則起。早於常禮。敬也。**東方明矣。**

矣朝既昌矣。東方明則。夫人纚笄而朝。朝已昌盛則君。聽朝。箋云。東方明。朝既昌。亦夫人也。君也。可以朝之。常禮。君日。出而視朝。○**匪東方則明。月出之光。**見月出之光以爲東方明。箋云。夫人亦以月爲東方明。則。朝亦警也。

○**蟲飛薨薨。甘與子同夢。**古之夫人。配其

正義曰大戴礼羽虫三百六十八〻爲〻則鳥亦稱虫此虫飛薨〻亦必唯〻虫也以將曉而飛是〻方

且欲明〻時即上雞鳴時也

君子。亦。不忘其敬。箋云。蟲飛。薨薨東方且明之時。我。猶。樂與君子卧而同夢。言親愛之無已。

會且歸矣。無庶予子憎。

卿大夫朝會於朝也。卿大夫朝會於君朝聽政。夕歸治其家事。無庶乎子憎。無見惡於夫人。箋云。庶衆也。蟲飛薨薨。所以當起者。卿大夫朝者且罷歸故也。無使衆臣以我故憎惡於子。戒之也。

雞鳴三章章四句

還刺荒也。哀公。好田獵從禽獸而無厭國

人化之遂成風俗習於田獵謂之賢閑於

馳逐謂之好焉　荒謂政事廢亂

子之還兮遭我乎峱之間兮　還便捷之皃。峱山名。

子也。我也。皆士大夫也。俱出田獵而相遭也。

竝驅從兩肩兮揖

我謂我儇兮　從逐也。獸三歲曰肩。儇利也。

箋云竝併也。子也。我皆併驅

而逐二獸。子則揖耦我謂我儇。

譽之也。譽之者以報前言還也。○子之茂

兮。遭我乎峱之道兮茂美也竝驅從兩牡兮。揖我謂我好兮箋云譽之言說者。以報前言茂之○子之昌兮。遭我乎峱之陽兮昌盛也。箋云昌佼好皃竝驅從兩狼兮。揖我謂我臧兮狼獸名臧善也

還三章章四句

著刺時也直居反又直挐反時不親迎也時。不親迎。故陳親迎之禮以刺之

東萊呂氏曰昏禮壻往婦家親迎既奠鴈御輪而先歸俟于門外婦至則揖以入時齊俗不親迎故女至壻門始見其俟已也

爲

庭在大門之内寢門之外

俟我於著乎而充耳以素乎而 俟待也。門屏之間曰著。素象瑱。箋云。我。嫁者自謂也。待我於著。謂從君子而出至於著。君子揖己之時也。我視君子。則以素爲充耳。謂所以懸瑱者。或名爲紞。織之。人君五色。臣則三色而已。此言素者。目所先見而云。

尚之以瓊華乎而 瓊華美石。士之服也。箋云。尚猶飾也。飾之以瓊華者。謂懸紞之末。所謂瑱也。人君以玉爲之。瓊華石色似瑱。

○俟我於庭乎而充耳以青乎而 青青玉。箋云。待我於奠謂揖我於庭時青紞之青尚之以瓊瑩乎而瓊瑩石似玉卿大夫之服也箋云石色似瓊似瑩也○俟我於堂乎而充耳以黃乎而黃黃玉箋云黃紞之君尚之以瓊英乎而瓊英美石似玉者人君之服也箋云瓊英猶瓊華也

著三章章三句

東方之日刺衰也君臣失道男女淫奔不

此男女淫奔者之自作非有刺也其曰君臣失道者尤（？）無所謂

能以礼化也

東方之日兮彼姝者子在我室兮興也。日出東方。人君明盛無不照察也。姝者。初婚之貌。箋云。言東方之日者。愬之乎耳。有姝美好之子來在我室。欲與我為室家。我無如之何也。日在東方。其明未融。興君不明德不明

在我室兮履我即兮履礼也。箋云。即就也。在我室者。以禮來我。則就之與之去也。言今者之子。不以礼來也。

○東方之月兮彼

姝者子，在我闥兮。月盛於東方，君明於上若日也；臣察於下若月也。闥，門內也。箋云：日以興君，月以興臣。月在東方，亦言不明也。在我闥兮，履我發兮。發，行也。箋云：以禮來，則我行而與之去。

東方之日二章，章五句。

東方未明，刺無節也。朝廷興居無節，號令不時，挈壺氏不能掌其職焉。號令猶召呼也。挈壺氏，掌

挈壺氏掌為百刻，分其數以為日夜，以告時節於朝。……夜則參差不齊，告時節則早晚失度，故責之也。

涌刻之者

○東方未明，顛倒衣裳。上曰衣，下曰裳。箋云：挈壺氏失其漏刻之節，東方未明而以為暇，故群臣促遽顛倒衣裳。群臣之朝，別色始入。

顛之倒之，自公召之。箋云：自，從也。群臣顛倒衣裳而朝，人又從君所來而召之。漏刻失節，君又早興。

○東方未晞，顛倒裳衣。晞，明之始升。

倒之顛之，自公令之。令，告也。

折柳樊圃，狂夫瞿瞿。俱具反

柳，柔脆之木。樊，藩也。圃，菜園也。折柳以為藩園，無益

於禁矣瞿瞿無守之貌。古者有挈壺氏以水火分日夜以告時於朝箋云柳木之不可以為藩猶是狂夫不任挈壺氏之事

不能辰夜不夙則莫

辰時也夙早也莫晚也箋云此言不任其事者恆失節數也度

東方未明三章章四句

南山刺襄公也。鳥獸之行淫乎其妹。大夫遇是惡作詩而去之襄公之妹魯桓公夫人文姜也襄公素與

淫通。從嫁。公謫之。公與夫人。如齊。夫人。愬之襄公。襄公。使公子彭生乘公。而搚殺之。夫人。久留於齊。莊公即位後。乃來。猶復會齊侯于禚。于祝丘。又如齊師。齊大夫見襄公行惡。如是作詩以刺之。又非魯桓公不能禁制夫人而去之。

南山崔崔。雄狐綏綏。興也。南山齊南山也。崔崔高大也。國君尊嚴如南山崔崔然。雄狐行求匹耦。於南山之上。形貌綏綏然。興者喻襄公。居人君尊位。而爲淫泆之行。其威儀可恥惡。如雄狐亦。

魯道有蕩。齊子由歸。

相隨綏綏然無別。失陰陽之匹。箋云雄狐

毛以爲南山雄狐各自爲喻。言南山高大崔崔然。以喻國君之位尊高。而山也雄狐相隨綏綏然。雄當配雌。亦當遊也。今二雄共別失陰陽之匹。以喻夫當配妻。今襄公見與妹淫。亦失陰陽之匹。鄭喻說在箋。

宜以公以本妻是之三義也以妹與娌姊傳姆有五人矣其數奇言以二義皆往而又亦非宜
兄如文姜妹也兄妹相配是非其宜
說文姆女師也

蕩平易也齊子文姜也發去婦人謂嫁曰歸言文姜既已禮從此道嫁于魯侯
既曰歸止曷又懷止
文姜既曰嫁于魯侯矣懷思也箋云懷來也言何復來爲予非其來
○葛屨五兩冠緌雙止
葛屨服之賤者冠緌服之尊者箋云葛屨五兩喻文姜與其姪娣及傅姆同處冠緌喻襄公也五人爲奇而襄公往從而雙之冠屨不宜同處猶襄公與文姜不宜爲夫婦之道
魯道有蕩齊子庸止
庸用也
既曰庸止曷又

從止 箋云此言文姜既用此道嫁於魯侯襄公何復送而從之爲淫佚之行乎

○蓺麻如之何。衡從其畝 蓺樹也衡獵之樹之然後得麻箋云樹麻者必先耕治其畝然後以獻之以言人君取妻必先議於父母

娶妻如之何必告父母 必告父母廟。箋云娶妻之禮議於生者卜於死者此之謂告

既曰告止曷又鞠止 鞠窮也。箋云鞠盈也。魯侯。文既告父母而取何復盈從令至于齊乎又非魯桓公

○析薪如之

横獵之 從獵之

何匪斧不克 克能也箋云此言析薪 取妻如之何匪媒不得 薪必待斧乃能也箋云此言取妻必待媒乃得也 既曰得止曷又極止 極至也箋云女既以禮得之矣何不禁制而恣極其邪意令至

南山四章章六句

甫田大夫刺襄公也無禮義而求大功不

上田謂墾耕下田謂
土地以言農所求非道
故設辭以戒之言
人治田不得田必大
田乃若大田過度力
不充治田必荒穢
雖有莠中驕驕然
以喻公無霸德思
念遠人若思彼遠
人從不致物必不
至雖嘗其心忉忉
然言人之欲種田
求穀必准功治田
穀乃可獲喻人君
欲立功致治必勤身
脩德功乃可立若
惠而求諸侯徒以
其心受責之義之要
求諸侯也

脩德而求諸侯志大心勞所以求者非其道也

無田甫田維莠驕驕興也。甫大也大田過度而無人功終不能獲箋云興者喻人君欲立功致治必勤身脩德積小以成高大無思遠人。勞心忉忉忉忉憂勞也箋云言無德而求諸侯徒勞其心忉忉耳

無田甫田。維莠桀桀桀桀猶驕驕也無思遠人勞

心怛怛怛怛猶切切也○婉兮孌兮。總角丱兮。未幾見兮。突而弁兮婉孌少好貌總角聚兩髦也丱幼稚也弁冠也箋云人君內善其身外修其德屏無幾何可以立功致治猶是婉孌之童子少自修飾丱然而幼稚見之無幾何突耳加冠爲成人也

甫田三章章四句

盧令刺荒也襄公好田獵畢弋而不脩民

此詩大意與還畧
同仁而鄭詩叔于田所
謂仁者同

事百姓苦之故陳古以風焉 畢噣也 弋繳射也

盧令令其人美且仁 盧田犬 令令纓環聲 言人君能有美德盡
其仁愛百姓欣而奉之愛而樂之順時遊
田與百姓共其樂同其獲故百姓聞而說
之其聲令令然 ○盧重環 重環子母環也 其人美且鬈 鬈好
貌 箋云鬈讀當爲權權勇壯也 ○盧重鋂 鋂一環貫二也 其人美
且偲 偲才也 箋云才多才也

傳以鰥爲大魚則以爲喩王者有三之曽帽之不能制三丰妻若敝笱之不能制大魚也
鰥又魴鰥魚之文似魚又未達自凡魚之子總名鯤此鯤鰥字異蓋古字通用

盧令三章章二句

敝笱刺文姜也齊人惡魯桓公微弱不能防閑文姜使至淫亂爲二國患焉

敝笱在梁其魚魴鰥興也鰥大魚箋云鰥魚子也魴也鰥也魚之易制者然而敝敗之笱不能禁制興者喻魯桓公微弱不能防閑文姜使終其初時之婉順齊子歸止其從如雲如雲言盛也箋云其從謂姪娣之

為其入婚其妻乃是淫盛之[illegible]之夫所能制魯桓之微弱不能制文姜也又言
未必能制之矣齊子文姜初嫁於魯國止其從者[illegible]其數多如雲[illegible]此強盛故魯桓
不能禁制也
難以為敝敗之笱在於魚梁其魚乃是魴鰥之小魚魴鰥自是魚之易制者但為敝敗不能制之喻
文姜是婦人之
易制者但由魯
桓以微弱不能制
由其不制文姜故
令從者亦惡[illegible]
文姜初嫁於魯
國止其從者之心
如行順風東西
從者隨婦善惡
由文姜淫泆故從
者亦淫

鬡言文姜初嫁于魯桓之時其從者之心意如雲然雲之行順風耳後知魯桓微弱文姜遂淫恣從者亦隨之爲惡

○敝笱在梁其魚魴鱮

鱮大魚箋云鱮似魴而弱鱗

齊子歸止其從如雨

如雨言多也箋云如雨言無常天下之則下天不下則止以言姪娣之善惡亦從文姜所使止

○敝笱在梁其魚唯唯

唯唯出入不制箋云唯唯行相隨順之貌

齊子歸止其從如水

水喻衆也箋云水之性可停可行亦言姪

婦之善惡

卒文姜也

敝笱三章章四句

載驅齊人刺襄公也無禮義故盛其車服疾驅於通道大都與文姜淫播其惡於萬民焉 故猶過也

載驅薄薄簟茀朱鞹 薄薄疾驅聲也。簟方文席也。車之蔽曰茀諸侯路車。朱鞹者。有朱革質以羽飾。箋云。此車襄公。乃乘而來與文姜會。

有蕩。齊子發夕。

發夕自夕發至旦。箋云。襄公既無禮義。乃疾驅其乘車以入魯境。魯道路平易。文姜發夕由之往會焉。曾無慚恥也。

○四驪濟濟。垂轡濔濔。

四驪言物色盛也。濟濟美貌。垂轡。轡之有垂者。濔濔衆也。箋云。此又刺襄公乘是四驪而來。徒爲淫亂之行。

魯道有蕩。齊子愷悌。

言文姜於是樂易然。箋云。此愷悌。愷悌發也。猶言發夕。愷讀當爲闓。悌古文尚

書以弟爲圛圛明也○汶水湯湯行人彭彭湯湯大貌彭彭

多貌箋云汶水上蓋有都邑焉襄公與文姜時所會魯道有蕩齊子

翱翔翱翔猶彷徉也○汶水滔滔行人儦儦滔滔流貌

儦儦衆貌魯道有蕩齊子遊遨

載驅四章章四句

猗嗟於宜反字或作猗嗟美辭刺魯莊公也齊人傷魯莊公有威儀

技藝然而不能以禮防閑其母失子之道其綺反人以為齊侯之子焉

猗嗟昌兮頎而長兮猗嗟歎辭昌盛也頎長貌箋云昌佼好貌抑若揚兮抑美也揚廣揚美目揚兮好目揚眉巧趨蹌兮蹌巧趨貌箋云臧善也射則臧兮

○猗嗟名兮美目清兮目上為名目下為清儀既成兮終日射侯不

出正兮展我甥兮 二尺曰正。外孫曰甥。箋云。成猶備也。正所以射於侯中者。天子五正。諸侯三正。大夫二正。士一正。外皆居其侯中參分之一焉。展誠也。姊妹之子曰甥。容貌技藝如此。誠我齊之甥。言誠者拒時人言齊侯之子

猗嗟孌兮 孌壯好貌 清揚婉兮 婉好眉目也 舞則選兮射則貫兮 選齊。貫中也。箋云。選者。謂於倫等最上。貫習也。四矢反兮以禦亂兮 四矢乘矢。箋云。反復也。禮射三而止。每射四矢。皆得

按魏世家及左傳云魏姬姓国也詩譜云周以封同姓其地虞舜夏禹所都之域也在古冀州雷首之北析城之西南枕河曲北涉汾水也

其故。此之謂復射也。四

矢者。象其能禦四方之亂

猗嗟三章章六句

齊國十一篇三十四章百四十三句

魏葛屨詁訓傳第九

毛詩國風　　鄭氏箋

葛屨刺褊也。魏地陿隘其民。機巧趨利其

君儉嗇褊急而無德以將之儉嗇而無德是其所以見侵削

糾糾葛屨可以履霜糾糾猶繚繚也夏葛屨冬皮屨葛屨非所以履霜箋云葛屨賤皮屨貴魏俗至冬猶謂葛屨可以履霜利其賤也

摻摻女手可以縫裳摻摻猶纖纖也婦人三月廟見然後執婦功箋云言女手者未三月未成爲婦裳男子之下服賤又未可使縫裳魏俗使未三月婦縫裳者利其事也

要之襋之好人服之要褸也襋領也好人好女

摻所銜反又所咸反

又好手貌

欽訓云提々安也孫炎曰提々行歩之安也言安諦謂行歩安舒而審諦也士昏礼云婦至主人揖婦以入及寢門揖入是婦至門夫揖而入也此好人不敢當夫之尊故宛然而左辟之不敢當主故客位

手之人。箋云，服，整也。褸也。領也。在上好人尚可使整治之。謂屬著之。○好人

提提宛然左辟佩其象揥提提，安諦也。宛，辟貌。婦至門，夫揖而入，不敢當尊，宛然而左辟。象揥，所以為飾。箋云，婦新至，慎於威儀，如是，使之非礼。

維是褊心是以為刺箋云，魏俗所以然者，是君心褊急無德教使之耳。

我是以刺之

葛屨二章一章六句一章五句

陸璣疏云莫莖大如箸赤節節一葉似柳葉厚而長有毛刺今人繅以取繭緒其味酢而滑始生可以爲羹又可生食五方通謂之酸迷冀州人謂之乾絳河汾之間謂之莫

汾沮洳刺儉也。其君儉以能勤刺不得禮也

彼汾沮洳言采其莫 汾水也沮洳其漸洳者莫菜也箋云言我也於彼汾水漸洳之中我采其莫以爲菜是儉以能勤 彼其之子美無度 箋云之子是子也。是子之德美無有度言不可尺寸也 美無度殊異乎公路 路車也箋云是子之德美信無度矣雖然其采莫之事則

非公路之礼也公路主君之軘車者

彼

子為之晉趙盾為軘車之族是也

汾一方言采其桑 親蠶事也 彼其之子美

如英 萬人為英 美如英殊異乎公行 公行從公之行也 箋

云從公之行者主君兵車之行列

彼汾一曲言采其藚 藚水蕮也

彼其之子美如玉美如玉殊異乎公

族 公族公屬 箋云公族主君同姓昭穆者也

汾沮洳三章章六句

園有桃刺時也。大夫憂其君國小而迫而儉以嗇不能用其民而無德教日以侵削（章首二句是也）故作是詩也

園有桃。其實之殽 興也園有桃其實之食國有民。得其力饗云魏君薄公稅省國用不取於民食園桃而口不施德教民無以戰其侵削之由由三也

心之憂矣我歌且謠曲合樂曰歌徒曰謠箋云我心憂君之行如此故歌謠以寫我憂矣不知我者謂我士也驕箋云士事也不知我所為歌謠之意者反謂我於君事驕逸也彼人是哉子曰何其夫人謂我欲何為乎箋云彼人謂君也曰於也不知我所為憂者既非責我又曰君儉而嗇所行是其道哉子於此憂之何乎心之憂矣其誰知之箋云如是則衆臣無知我憂所為也其誰知之蓋亦

勿思箋云無知我憂所爲者則宜無復思念之以自止也衆不信我或時謂我謗君使我得罪也

園有棘其實之食棘棗也紀力反从兩朿俗作棘同心之憂矣聊以行國箋云聊且略之辭也聊出行於國中觀民事以寫憂

不知我者謂我士也罔極極中也箋云見我聊出行於國中謂我於君事無中正

彼人是哉子曰何其心之憂矣其誰知之其誰知之蓋亦勿思

園有桃二章章十二句

迫字或作小

陟岵孝子行役思念父母也國迫而數侵削役乎大國父母兄弟離散而作是詩也

役乎大國者為大國所徵發

陟彼岵兮瞻望父兮

山無草木曰岵孝子行役思其父母之戒乃登彼岵山以遥瞻望其父所在之處

父曰嗟予子行役夙

无寐亦言其勞之甚也
无棄謂死而棄其尸也

偕言而其儕同作同
止不得自如也

夜無已 箋云予我夙早夜暮也無已無休倦 上愼旃哉猶來

無止 旃之猶可也父尚義箋云上者謂在軍事作部列時 ○陟彼屺

兮瞻望母兮 山無草木曰屺箋云此又思母之戒而登屺山而望之

母曰嗟予季行役夙夜無寐 季少子也無寐無耆寐也

上愼旃哉猶來無棄 母尚恩也 ○陟彼岡兮瞻

望兄兮兄曰嗟予弟行役夙夜必偕 偕俱也

上慎旃哉猶來無死 兄尚親也

陟岵三章章六句

十畝之閒刺時也。言其國削小民無所居焉

十畝之閒兮桑者閑閑兮 閑閑然男女無別往來之貌

去古者一夫百畝今一畝之閒往來者閑閑然削小之甚

行與子還兮 或行桑者或來還者

○十畝之外兮桑者泄泄兮 泄泄

十畝外鄰國也

多人之鉄 行與子逝兮。逝，往也。箋云：逝，逮也。徒来反，又徒帝反。

十畝之閒二章，章三句

伐檀，直旦反。刺貪也。在位貪鄙，無功而受祿，君子不得進仕爾。

坎坎苦感反。伐檀兮，寘之之豉反。河之干兮，河水清且漣猗。於宜反。坎坎，伐檀聲。寘，置也。干，厓也。風行水成文曰漣。伐檀以俟世用，若俟河水清且

廛本亦作壥又作廛直連反一夫之居曰壥古者一夫田百畝別受都邑五畝之地居之故孟子云五畝之宅是也

漣箋云是謂君子之人不得進仕也不稼不穡胡取禾三百廛兮種之曰稼斂之曰穡一夫之居曰廛貆獸名箋云是謂在位貪鄙無功而受祿也不狩不獵胡瞻爾庭有縣貆兮本植作郭六區冬獵曰狩宵田曰獵胡何也貉子曰貆彼君子兮不素餐兮素空也箋云彼君子者斥伐檀之人仕有功乃肯受祿○坎坎伐輻兮寘之河之側兮河水清且直猗輻檀輻也側猶厓也直直波也

不稼不穡，胡取禾三百億兮。不狩不獵，胡瞻爾庭有縣特兮。十萬曰億，獸三歲曰特。箋云：十萬曰億，三百億，禾秉之數。彼君子兮，不素食兮。坎坎伐輪兮，寘之河之漘兮。河水清且淪猗。檀可以爲車輪。漘，厓也。小風水成文，轉如輪也。不稼不穡，胡取禾三百囷兮。不狩不獵，胡瞻爾庭有縣鶉兮。圓者爲囷。鶉，小鳥。

注魚飧云云
宣公六年公羊傳曰晉
靈公使勇士將殺趙
盾入其門則無人
門上其堂則無人
焉俯而窺之方
食魚飧是其事
也鄭以為魚飧禮
以魚食飧則非傳
所云熟食也說文
云飧水澆飯也從
夕食云人且則食
飯之不可傳故夕
則食飧是飧為
飯之别名

也

彼君子兮不素飧兮 孰食曰飧箋云飧讀如魚飧之飧

伐檀三章章九句

碩鼠刺重斂也國人刺其君重斂蠶食於

民不脩其政貪而畏人若大鼠也

碩鼠碩鼠無食我黍三歲貫女莫我肯顧 貫事也箋云碩大也大鼠大鼠者斥其君也女女無復食我黍疾其稅斂之多也我事

時民或得徙也官比長職曰徙於国中及郊則從授之注云徙謂不便其居也或国中之
民出徙郊或郊民人徙国中皆從而付所処之吏是大比之際民得從矣

安三歲矣曾無教令恩德來眷顧我又疾其不脩政也古者三年大比民或於是從

逝將去女適彼樂土 箋云逝往也往矣將去女與之訣別之辭 樂土有德之國

樂土樂土爰得我所 箋云爰曰也 ○

碩鼠碩鼠無食我麥三歲貫女莫我肯德 箋云本肎 施德於我

逝將去女適彼樂國樂國樂國爰得我直 直得其直道 箋云直猶正也

○碩鼠碩鼠無食我苗

苗嘉穀也三歲貫汝莫我肯勞箋云不肯勞來我逝將

去汝適彼樂郊箋云郭外曰郊樂郊樂郊誰之永

號號呼也箋云之往也永歌也樂郊之地誰獨當往而永號者言皆喜說無憂苦

碩鼠三章章八句

魏國七篇十八章百二十八句

毛詩卷第五